그렇게 나는
아버지로 살았다

그렇게 나는
아버지로 살았다

ⓒ 안우환, 2024

초판 1쇄 발행 2024년 8월 15일

지은이   안우환
펴낸이   이기봉
편집   좋은땅 편집팀
펴낸곳   도서출판 좋은땅
주소   서울특별시 마포구 양화로12길 26 지월드빌딩 (서교동 395-7)
전화   02)374-8616~7
팩스   02)374-8614
이메일   gworldbook@naver.com
홈페이지   www.g-world.co.kr

ISBN   979-11-388-3228-1 (03810)

그렇게 나는
아버지로 살았다

깨알 노력이
콩알로 만학까지 간
한 번뿐인 생

안우환 지음

좋은땅

작가의 말

이 책은 올해로 76세가 된 한 노인의 삶을 기록한 책이다.

나는 평범한 삶을 살았다. 21세기의 사회에 공헌한 일생도 아니었고 창조적인 일을 하며 모험으로 점철된 삶도 살지 않았다. 시골에서 태어나 일찍 부친을 여의고 홀어머니 밑에서 농사일과 학업을 병행하며 자랐다. 대부분의 국민들이 가난했던 시대를 관통하며, 나는 어떤 삶을 선택해야 했을까.

나의 소년기에 대해 생각해 보면, 대체로 꼼꼼하고 치밀한 편이고 성적은 중상 정도였지만, 남 앞에 나서기보다는 소극적이고 조용한 편이었다.

집에 들어가면 그날그날 하루 일거리에 대한 잔소리와 질책만 들었지 성장하는 데 필요한 방향이나 방법을 알려 줄 만한 사람은 없었다. 이끌어 줄 어른이 없었다.

농사일은 일손이 많이 필요하다. 자연히 건장한 형제나 딸린 식구가 많으면 농사일에 도움이 되었고 동네 사람들 또한 이들을 함부로 대하지 못했다. 농사일이 기계화되기 전에는 24시간 일을 해도 일손이 부족해서 초등학생까지 학교에 갔다 오면 일을 해야 밥을 먹을 수 있었다. 일하지 않고 친구들과 놀면 부모들 잔소리에 견디기 어려웠고 밥 먹고 하루를 즐겁게 보내려면 소 풀베기나 풀 먹이기를 선택해야 한다. 놀고 싶어도 일해야만 했으니 일하면서 틈틈이 노는 수밖에 없었다.

나는 내 삶을 순탄하게 해결하지 못했다. 내가 원했던 삶의 방편들은 청년기에 좌절과 시련의 연속이었다. 다만, 어떤 순간에도 의지와 용기를 잃지 않았을 뿐이다.

지금 생각하면 어떻게 그 많은 어려움을 헤쳐나올 수 있었을까. 아무것도 알 수 없었던 청소년 시절부터 나는 세상에 대해 배우기 시작했다.

부산공업전문학교 진학 실패 후 1966년 3월 4일 함안농업고등학교에 입학했다. 원하지 않았던 입학이었고 고등학교 졸업장을 받는 것을 목적으로 학교에 다녔다. 당분간 관망하면서 어머니 농사일을 돕기로 했으며 학교에 갔다 오면 논농사 경작상태를 점검하고 밭에서 수확되는 농산물을 지게로 운반하기도 했다. 그리고 똥장군에 인분 퍼다 나르기, 퇴비 뒤집기, 여항산 나무하러 가기와 쟁기질, 쓰레질 등을 배우기도 했다. 학교생활을 하면서 공휴일, 방학을 주로 이용했으며 보고 들은 경험을 살려 어려운 농사일을 많이 배웠다. 학교에서 배운 내용을 참고는 했으나 배운 것을 현장에서 적용하지는 못했다.

3사관학교를 졸업하고 1970년 5월 30일에 육군 소위로 임관되었다.

아버지를 일찍 여의고, 어려운 환경에서 쌓은 여러 경험과 거듭 실패한 진학의 과정이 강도 높은 훈련을 견딜 수 있었던 원동력이 되었다고 생각한다. 나에게 어려운 시기의 시련이 없었다면 훈련 과정을 극복하지 못하고 낙오자가 될 수도 있었다.

1983년 초급장교 시절에 동료와 함께 방송통신대학교에 입학하여 학업을 시작하였지만, 병행하기 힘들어 휴학했다. 그 뒤 군 생활을 접을 것을 결심하고, 군 마지막 보직인 2군단에 근무할 때 다시 복학하였다.

당시 사회진출을 위하여 행정학과에 재등록하여 2년 수학 중 서울시설관리공단에 입사하면서 다시 휴학했다.

한동안 서울시설관리공단 근무에 적응하고 집중하느라 쉬다가 후반기부터 다시 재수강하여, 등록한 지 9년 정도 지난 이후 2001년 2월 한국방송통신대학교 행정학과 2년 과정을 졸업하였다.

결국 군 생활에서 시작한 학업을 서울시설관리공단 정년을 앞두고 가까스로 학사과정을 졸업하게 되었다. 장년기에 퇴직하여 일자리를 구하려면 대학의 졸업장이 있어야 하며 전직의 근무 경력을 인정받으려면 학위가 중요한 역할을 한다. 그리고 대학원 진학에도, 사회적인 활동에도 필요하다.

주경야독으로 박사학위를 받고 을지대학교 교수가 되었다. 교수 자리도 정년이 차서 퇴임하고 지금은 지역 산불진화단, 아동안전지킴이, 텃밭가꾸기 등으로 노년을 알차게 보내고 있다.

그렇게 나는 평생을 평범한 아버지로 살았다. 후회 없는 인생이 어디 있을 것인가. 이 책을 선택해 준 독자 여러분이 나의 평범한 인생 이야기를 읽고 평범하게 사는 일이 얼마나 어려운지를 한 번만이라도 살펴주셨으면 하는 바람이다.

2024년 8월

안우환

목차

1부____놀이는 만들어서라도 (1948~1955)

2부____가난과 농사 (1955~1969)

3부____군인의 길과 결혼 (1969~1985)

4부____공부하고 일하고 (1985~2004)

8부____슬기로운 노년 생활 (2024~)

1부

놀이는 만들어서라도

(1948~1955)

1.
10살 꼬마 가마 타고 아버지 장례식에

아버지는 1907년에 태어나 1958년 5월 23일 오후 1시에 만 51세로 사망했다. 내 나이 열 살 때였다.

생각해 보면 집안 대대로 폐와 기관지 쪽이 나빴던 듯하다. 내 아버지 안석원은 할아버지 안권수(태진)와 할머니 조강련 슬하에서 맏아들로 태어나 호흡기계통과 폐 기능 장애로 장기간 투병 생활을 했다. 그래서 어릴 때부터의 내 기억은 아픈 아버지와 그에 따른 생활고에 대한 것이 많다.

독립적이고 성숙한 자아가 형성되기도 전인 10살이라는 이른 나이에 나와 우리 집안은 아버지란 기둥을 잃게 된 것이다. 아버지의 죽음은 나 개인에게나 우리 집안에 커다란 타격감을 주었다. 아직 어린아이들과 집안 큰며느리이자 젊은 아내를 두고 떠나는 아버지의 마음 또한 편치 않았으리라 짐작한다. 그럼에도 아버지의 죽음에 관한 내 기억 속에는 슬픔이나 그에 관한 현실 인식보다는 장례식의 과정에서 보고 들었던 몇몇 장면이나 인상만이 강하게 남아 있다.

가족들이 곡을 하는 소리, 입관하여 아래채 헛간에 아버지의 관을 임시 안치하던 모습, 구불구불한 언덕을 상여가 지나던 길, 개천에 다다라 아슬아슬 다리를 건너던 모습, 노제를 지내던 모습, 하관하던 모습, 빈소에 상식을 올리던 모습 등이 흐릿하게 기억에 남아 있다.

마을 인근에 다섯 부잣집으로 소문난 집안, 둘째 아들의 장남이고, 광주안씨 집성촌이라 마을공동체 활동이 왕성했으며, 또한 동네 인심을 잃지 않아서 그런지 그날 장례식에 조문객이 대단히 많았다.

나는 아버지 장례식에 가마를 타고 참여했다 한다. 어린 나이라지만 아버지 가시는 길에 가마를 타고 가는 것이 전통에 맞는 것인지, 흔한 일인지, 몇 살까지 허용되는지, 정확한 근거는 없으나 어린아이가 가마를 탄다는 것은 부잣집이나 권세가에서나 가능한 일이었을 것이다.

어린 소년의 가슴에 "어허~어허~ 어어호 어화리 넘차 어허호~" 하던 상여꾼의 앞소리가 처연하고 구슬퍼 지금도 귓가에 생생하게 들려오는 듯하다.

장례식이 여름철이라 노제를 지낼 때마다 상여에서 시즙이 흘러 악취가 심했던 기억도 생생하다. 당시 염습을 잘 못 해서인지 장기간 임시 매장을 해서인지는 알 수 없으나 안치실이 따로 없었던 당시에는 장례식 기간이 길어 대부분 시즙이 흘렀을 것으로 추측된다. 그것이 상여꾼의 고충이었다.

상여가 강을 건너기 전에 노제를 지내며, 좁은 다리를 건널 때 상여 무게가 다리 중앙에 오도록 한 후 상여꾼이 양쪽으로 전체의 힘이 균형을 이루게 당겨 영차, 영차 소리와 함께 상여가 쏠리지 않도록 좁은 다리를 건너가는 모습이 신기하기만 했다. 상여의 무게가 한쪽으로 쏠리면 대형 사고가 발생할 수 있는 위험한 일인데도 아무런 사고 없이 무사히 다리를 건넜다.

아버지 상여는 둑을 따라 상여꾼의 극락왕생 앞소리와 함께 구릉미 밤나무밭에 장례 의식의 절차에 따라 안장되었다. 안장 전에 땅을 파는데 암(바위)이 있어 몹시 힘들었다고 한다.

그럼에도 아버지의 장례에 관해 선명한 기억만 있는 것은 아니다. 당시 나의 상복은 어떤 복장이었는지 또 아버지와의 이별에 대한 상실감 등 감정 상태는 어떠했는지 기억이 나지 않는다. 그 모든 것들이 열 살 어린 마음에는 어른들의 일이었을 것이다. 어른들의 안타까운 마음이나 슬픔은 어린 내게 와닿지 않았던 듯하다. 하지만 아버지의 빈자리는 그 뒤 오랫동안 내 마음 한구석 알 수 없는 공허함과 자신감 결여로 나타나곤 했다.

2.
거울 속 내 모습

나는 경상남도 함안군 가야읍에서 1948년 음력 5월 25일, 광주안씨 중랑장후 월호공파 39대손으로 태어났다. 두 돌되던 해에 6.25 사변을 맞아 식구들은 마을 뒷산으로 피난을 떠나야 했고, 할머니는 집을 지키기 위해 홀로 남아 있기로 했다. 그런데 적의 소이탄이 집으로 떨어져서 불이 나는 바람에 할머니는 혼자서 목숨을 걸고 불을 꺼야 했다. 할머니 덕분에 겨우 집을 보존할 수 있었지만, 할머니는 그때 흡입한 화염으로 고생하시다 사망하셨고 한다. 할머니의 고군분투가 없었다면 전쟁 통에 집도 없어질 뻔했다.

내가 태어난 음력 5월 무렵은 작년 가을에 수확한 양식이 바닥나고 보리는 미처 여물지 않아 겨우내 버텨온 마을 사람들이 배를 곯는 보릿고개라 불리는 시기다.

가수 진성이 부른 슬픈 곡조의 애절한 노랫말 속에는 그 내용이 잘 드러나 있다.

해마다 보릿고개를 넘기는 것이 남 일이 아니던 시절이라, 나또한 얼마나 굶었는지 지금 생각해도 허기를 면하기 어려운데 몸이 제대로 자랐을 리 없었다.

그래선지 소년기의 내 모습은 얼굴은 작은 편이고, 머리는 삼각형에 뒷머리가 납작하여 절벽이라고 놀림도 받았다. 체격은 저체중이고 다리는 11자의 가냘픈 꺽다리 모습이어서 남자로 강건한 기질보다 가냘프고 유약해 보였다. 내 아버지의 체격은 건장했다고 하는데, 나는 늦둥이라 태어나서 모유가 부족해서인지 알 수 없지만 약한 편이었다. 그때 들었던 어른들의 말로는 "대살(대나무를 말하는 듯)"이라 그렇다고 했다. 나는 지금도 어릴 때와 같이 대살 체질을 유지하고 있다.

유약하고 마른 편인 나에게 어머니는 온 집안에 길게 늘어진 하얀 무명실을 따라다니며 실을 감는 꿈을 꾸고 내가 태어났다는 말을 하시면서 나의 명줄은 길 것이라는 예측인지 희망인지를 말하곤 하셨다.

다섯 부자로 알려진 할아버지 대의 형제들과 아버지 대의 형제들을 보면 집안 남자들의 명이 그리 길지 않은 편이었다. 그

것에 대해 사람들은 마을 앞 저수지 둑에 물이 가득 차야 돈이 며 자식들이 융성해질 것이라고 소문을 만들어 내곤 했다. 마을 앞 저수지 둑 수위는 나날이 줄어들고 있긴 했다. 하지만 수량과는 상관없이 마을 젊은이들이 너나없이 도시로 떠나는 중이었다.

내가 생각하기에, 나의 소년기에 대해 생각해 보면, 대체로 꼼꼼하고 치밀한 편이고 성적은 중상 정도였지만, 남 앞에 나서기보다는 소극적이고 조용한 편이었다.

집에 들어가면 그날그날 하루 일거리에 대한 잔소리와 질책만 들었지, 성장하는 데 필요한 방향이나 방법을 알려 줄 만한 사람은 없었다. 이끌어줄 어른이 없었다.

그런 데다 한마을에서 지척에 사는 대소가에 방문하면 우리 집과는 다른 친척들의 가정환경이 훨씬 편안하고 행복해 보였다. 게다가 늘 형제가 많고 다복한 가정에 가면 남들에게 큰소리칠 수 있을 것 같고 안전한 보호막이 될 것 같아 부러웠다.

평소 친구들과 놀이를 하면 강인한 면이나, 사교적인 면이 없어 주로 앞에 나서기보다 뒤에서 따르는 편이었다. 그러면서도 또 한편으로는 평소와는 달리 위험한 상황에서는 조심하지 않고 오히려 만용을 부리는 경향도 있었다. 기죽고 억눌려 있던 평소의 기질이 어느 순간 엉뚱한 데서 폭발하는 것이었다.

그럼에도 대대로 한마을에 일가친척들이 모여 살면서 서로 비교도 하고 경쟁도 하면서 살았지만, 또 한편으로는 가문과 한 개인의 흥망성쇠를 관찰할 수 있는 기회도 되었다.

또한 먼 친척일지라도 한마을에 살면서 서로 챙겨주고 든든한 바람막이가 되어 줄 때도 있었다.

그 시대는 부모의 뜻에 따라 아이들의 진로가 결정되는 것이 흔한 시기였다.

우리 마을의 다섯 집안은 새로운 변화에 대처하려면 반드시 자식들 교육이 필요하다는 어른들의 의지에 따라 공부를 할 수 있었고, 그에 따라 각 분야의 사회 진출에도 성공할 수 있었다. 내 어린 눈에도 친척 어른들이 생존하여 새로운 방향을 제시해 주고 보살펴준 가정은 쉽게 변화에 대응할 수 있었다. 그러나 우리 집의 경우는 여느 시골 농가의 사정과 다를 것이 없었다. 지어먹을 땅이라도 있어서 그나마 다행이었다고나 할까.

아버지가 투병 중이었고 어머니는 농사일에 바쁘고 학교 정보를 모르니 자식들에게 새로운 방향을 제시할 수 없었다. 당시 공부하란 말은 많이 들었으나 능력에 맞는 합리적인 방향을 제시할 사람이 없어 핵심을 이해하는 공부보다 단편적인 암기식 공부를 계속하다 보니 기초가 약한 편이었다. 임기응변식의 암기식 공부는 세월이 흐를수록 한계에 다다랐다. 체계적이고 핵심적인 공부를 한 사람과의 격차는 더 벌어지고 점점 따라잡기 힘들다는 생각이 들었다.

아버지 사망 당시(1958년) 집안의 상황을 살펴보자면 큰형님의 나이가 21세로 고등학교를 졸업하고 징집 대상이어서 집을 떠나 있었고, 누나는 13세로 초등학교도 다니다 말다 진학을 못 했으며 나 또한 10살이었고 두 살짜리 여동생이 있었다.

집안에 일할 사람이라곤 오직 어머니 한 분뿐이었다. 어머니는 맏며느리로 가업과 생업을 책임지는 가장으로서의 소임을 다하느라 아직 어린 자식들을 돌볼 시간이 없었다. 그리고 남편 없는, 열아홉 어린 나이에 들어온 후처 자리라 아래 숙모들에 비하면 나이도 적고 예우도 받지 못했다. 이런 불안정한 입지와 처지 때문에 어머니는 모순되게도 가부장적이었다. 아버지 살아 있을 때는 무조건 아버지를 따랐고, 아버지 돌아가시고는 아들인 나에 대한 애정을 넘어선 의존성이 매우 강했다.

아버지가 맏아들이고 논, 밭이 많아 일꾼은 있었으나 경비를 절감하려고 힘든 일에만 일꾼을 쓰고 그 외는 어머니가 직접 농사를 지었다. 농산물 운반, 논매기, 밭매기, 이식 및 파종, 풀 뽑기, 땔감 장만 등은 가족의 몫이었다.

제사, 생일, 의식주 해결 등 집안일도 책임져야 하고 일 욕심 때문에 어머니 자신의 건강을 돌볼 시간이 없었다. 그나마 어머니를 도와줄 수 있는 유일한 일꾼이 13살 장녀(갑점)였다. 동생들 돌보고, 부엌일 돕고, 어머니와 같이 농사일하고, 땔감 나무를 주우러 다니며 중학교 교육도 받지 못했을 뿐 아니라 어린 나이에도 어머니를 도왔다. 그 당시 아들은 공부를 시키고 딸은 일하다가 시집가면 된다고 생각하던 시절이었다. 나 또한 9살 무렵부터 어머니와 누나가 고생하는 모습을 보면서 집안일을 도왔다. 소먹이기, 풀베기, 심부름하기, 소죽 끓이기, 동물들 먹이 주기 등의 일을 했다. 어린 시절이라 처음에는 일하기 싫어 짜증도 내고 반항도 했으나 어머니와 누나의 처량한 모습을 보면서 마음이 아플 때도 많았다. 점차 환경에 적응하면서 부모들이 생존해 있는 또래들과 다르다는 것을 이해하게 되었다. 한동안 아버지와 형이 많은 집 또래들을 보면 부럽고 부모가 원망스러울 때도 있었다. 또래와 다투거나 싸우면 그들의 형제들이 무서워 함부로 따지지 못하는 경우가 많았고 실제로 그들의 형들로부터 혼이 난 적도 있었다. 이래저래 주눅도 들고 눈치도 많이 보던 시절이어서 소신 있는 주장을 하지 못하고 또래들을 따라다니는 소극적인 성격이 되었다. 그러나 돌이켜보면 당시 그런 어려운 환경이 남들보다 일찍이 자립정신을 키울 수 있었으며 오늘의 나를 만든 계기가 되었다고 생각한다.

그런데 내겐 좀 이상한 버릇이 있었다. 감정을 억눌러 제대로 표현할 수 없어서였을까, 나는 엉뚱한 데서 감정이 표출되곤 했는데, 그것은 바로 웃음이었다. 그럴 일이 아닌데도 웃음이 한번 터지면 멈출 수가 없었다.

이 특이한 버릇 때문에 어렸을 때는 "애가 좀 이상하다"고 지적받기도 했는데, 어른이 되어 사회생활을 하면서도 고쳐지지 않아 곤란한 적이 있었다. 심지어 근엄 진지한 군대에서 내무사열 받으면서도 웃음을 못 참아 몇 번의 고비를 넘긴 경험이 있다.

인터넷에 검색해 보니, 웃음은 감정을 주관하는 변연계가 어떤 자극으로 활성화되면 도파민, 세로토닌, 엔도르핀 등 행복 호르몬이 분비되고 웃음이 나온다고 한다. 특히 도파민은 뇌에 주는 일종의 보상으로 뇌는 도파민을 좋아한다. 반대로 웃음을 참으려면 전두엽이 활성화 되어 감정을 억제하고 통제력을 발휘해야 하는데 도파민이 많이 분비되면 뇌는 즐거운 기분을 오래 느끼려고 전두엽의 통제를 받지 않으려 한다. 즉 뇌는 즐거운 것을 좋아해 웃음을 계속 유지 시키려는 경향이 있다. 전두엽이 망가진 뇌 질환자가 웃음을 잘 참지 못하는 것이 그런 이유라고 한다.

내 기억으로 장년기 결혼한 이후부터는 웃음 때문에 어려웠던 적은 없었지만 지금도 웃음이 나오면 제어하기가 어렵다. 결국 내가 찾은 나만의 방법은, 웃음을 참기가 어렵다고 생각되면 잠시 자리를 떠났다 다시 돌아오는 것이었다.

3.
아버지의 약

내가 기억이라는 것을 구체적으로 하기 시작할 무렵부터 아버지는 늘 아프셨다.

아버지는 오래된 천식을 치료하기 위하여 몸에 좋다는 약재와 영양식품을 많이 복용(섭취)하던 중이었다.

그중 들깨청이라는 것이 있었는데 아버지는 그것을 벽장 속에 넣어놓고 매일 주기적으로 복용을 했다. 들깨청은 어머니가 직접 농사지은 들깨를 약간 볶아 딱딱한 껍질을 벗기고 꿀과 배합하여 정성을 다해 만들었다. 매일 아침 1~2순갈씩 먹으면 천식 예방에 효과가 있다고 알려져 있었는데 그것뿐만 아니라 들깨에는 고급 불포화 지방산을 함유하여 성인병 예방과 천식에도 좋고 그대로 씹어 먹으면 심한 변비도 줄일 수 있다.

혼자 먹기 미안해서였을까. 어느 날 우연히 아버지는 내게 그것을 맛보라고 했고, 한 숟가락 떠먹어 보니 달콤하고 고소하여 과자를 먹는 것 같았다.

아버지 약이기 때문에 더 이상 먹으면 안 된다고 생각하면서도, 나는 그 달콤하고 고소한 맛을 잊을 수가 없었다. 아버지가 보관하는 장소를 알기 때문에 아버지가 밖에 나간 후 벽장문을 열고 재빨리 한 숟갈 떠먹고는 아버지가 알아챌 수 없도록 흔적을 남기지 않았다. 그렇게 한 통을 다 먹을 때까지 내 약 도둑질은 발각되지 않았고, 그 버릇은 아버지의 약이 바닥을 드러낼 때까지 계속되었다. 오히려 수법이 대범해져 두 번째 들깨 청에서부터는 2숟갈씩 먹었다.

아버지는 이상하다는 느낌을 받았는지 어느 날 식사하면서 "내가 들깨 청을 너무 많이 먹는다."라고 하면서 고개를 흔들었다.

그동안 내가 저지른 짓이 발각되면, 어른들을 실망시키고, 집안에 난리가 날 것을 생각하니 도저히 혼자서 감당하기가 어려울 것 같았다. 그래서 3번째 들깨 청부터는 훔쳐먹기를 멈추었다.

생각해 보면, 오랫동안 그 약을 먹어 온 아버지는 내가 한 짓을 알고도 눈감아 주신 것이라는 생각이 든다. 이 글을 쓰는 중에도 아프신 아버지를 속이고 내 양심을 속인 그때의 잘못에 대해 뒤늦게 고백하고 아버지에게 용서를 빌어 본다.

오랫동안 아프셨던 아버지의 각종 건강식품들에 대한 기억이 또 있다.

폐 쪽이 안 좋으셨던 아버지는 기침, 천식으로 오랫동안 고생하신 덕에 당시 폐에 좋다는 특이한 음식들을 많이 드셨다. 그 당시는 특화된 약이 없었기에 한약에 의존하거나 구전되는 보양식을 섭취하거나 복용하는 것이 전부였다.

초등학생 시절에 뱀 장수가 집 마당 한쪽 변소 옆 빈 공간에서 장작불로 약탕기에 뱀탕을 끓이는 장면과 상자에 있는 뱀을 약탕기에 넣을 때 뱀의 발악하는 모습, 상자를 열었을 때 다양한 종류의 뱀들이 우글거리는 섬뜩한 모습이 지금도 선명하게 기억된다.

뱀탕은 옛날부터 한약으로 쓰였는데, 특히 몸이 약한 사람과 폐결핵을 앓던 사람들이 먹었다고 동의보감에 기록되어 있다. 폐결핵은 체력의 강약 정도에 따라 병세가 달라지는 끈질긴 세균성 질병으로 그 치료 방법은 주로 체력 보강, 안정, 약물치료에 의존하는데 뱀탕으로 보양하면 뛰어난 체력을 유지할 수 있고 결핵균을 치유할 수 있다고 한다. 체력을 보강하기 위하여 유명 운동선수들도 더러 섭취한다는 소식이 방송을 통해 보도되기도 했다.

당시 뱀 장수는 어린아이들이 가까이 오지 못하게 했지만, 나는 호기심을 이기지 못하여 뱀탕 끓이는 전 과정을 숨어서 몰래 지켜보았다. 그 이후부터 뱀을 보면 혐오스럽게 느껴졌고 꿈에서도 자주 뱀을 보며 무서워했다.

우리 동네는 둑과 습지가 많아 뱀이 많았다.

초등학교 등굣길에 꽃뱀이 자주 출몰하는 곳이 있었다. 어떤 때는 몇 마리가 떼를 지어 나타나기도 하고 교미하는 뱀도 있었다. 같은 또래 몇 명이 합심하여 주변에 있는 돌로 쳐 죽이는 만용을 발휘하기도 했다. 돌에 맞은 뱀들은 타닥거리다가 연타를 맞으면 결국 서서히 죽어 갔다. 뱀은 징그럽고 독을 가진 동물이라 피하는 것이 당연한데도 다른 한편으로 죽이고 싶은 마음이 드는 것은 에덴의 동산에서 아담과 이브가 금지된 열매를 먹도록 강요한 원죄에 대한 본능인지 만용인지, 하여간 그때 뱀을 많이 죽였다.

우리 집 안에도 뱀이 자주 출몰했는데, 능구렁이가 옆집과 우리 집 사이 담장 위를 기어가는 것을 본 적이 있고 또, 감나무 아래 돌 사이에서도 나타났고 허물을 발견하기도 하였으며, 변소 주변 담장 아래 기어가는 장면을 자주 목격했다. 그 당시 들었던 이야기로는 능구렁이가 지붕을 다니면서 쥐를 잡아먹고 초가지붕 사이에 새알이나 새끼를 잡아먹고 산다는 것과 능구렁이가 집을 떠나거나 자주 나타나면 그 집이 망한다는 이야기도 있었다.

아버지는 오랫동안 뱀탕을 먹어 상당히 효과가 있다고 했으나 장기적으로 폐결핵을 극복하지 못했다. 좋다는 여러 종류의 한약도 복용하였으나 효과가 없었으며 기침, 천식을 초기에 예방했다면 완치할 수 있었는데 늦게 대처하여 결국 폐질환을 극복하지 못했다.

아버지가 1958년에 사망했으니까 조금만 더 살았더라면, 1960년대 쏟아져 나온 신약이나 신의료기술의 도움을 받을 수도 있었는데 그러지도 못했다. 나는 그것이 아쉽고 안타까웠다.

4.
어머니의 장사

    부농으로 집안을 일군 할아버지 덕에 농사를 지어먹을 수 있는 땅은 있었어도 아버지의 오랜 투병 생활로 집안은 늘 돈에 쪼들렸다. 아직 어린아이들과 어머니가 할 수 있는 것은 밭에서 농사를 짓는 것뿐이었다. 그것으로는 돈이 되지 않았다. 그래서 어머니는 농번기를 피해 함안 장에서 가판을 차리고 당신이 직접 기른 채소를 판매했다. 허울뿐이었으나 인근 마을에서 부잣집으로 소문이 나 있어서 그것조차 눈치 보이는 일이라 상당한 용기가 필요한 일이었다. 그런 어머니의 용단은 시대적 상황과도 맞는 일이었다.

    1960년 이후 자급자족의 농경사회에서 산업사회로 전환되었고 시장을 중심으로 생활체계가 변화되었다. 그에 따라 젊은 사람들이 농사를 버리고 공장에 취업하여 월급을 받았다. 일 년 작물 수확으로 물물 교환식의 거래가 흔하던 농촌 중심 사회의 경제 싸이클이 도시의 공업화에 따라 월급이라는 화폐 중심으로 바뀌었고 일 년 단위의 경제의 시간 단위가 한 달로 속도가 빨라졌다. 따라서 월급이 없던 시골에서는 현금이 부족했다. 당시 경작지가 적은 대부분의 시골 가정은 자녀들 학비 조달이 어려워 이웃집에 빌려서 충당하고 추수기에 갚았다. 그 과도기에 시골 할머니들이 남는 농산물을 들고 나가 장에 나가 판매하여 돈을 만들어오기 시작했다. 그 당시 돈이 귀했던 시골에서는 이런 가판에서 얻은 수입으로 자녀들 학비 조달과 용돈을 충당할 수 있었다. 그래서인지 당시 물건(작물)을 팔러 가는 일을 '돈 사러 간다'고 표현했다.

당시 어머니도 동네 이웃과 함께 시장 골목에서 가판을 차리고 채소를 팔았다. 아버지가 살아 있었다면 집안의 명예를 훼손한다는 어른들의 여론에 생각조차 할 수 없는 일이었을 것이다. 나 또한 어머니가 장사하는 모습을 직접 보거나 도와드리진 못했다. 어머니가 채소 장사를 한다는 것을 나는 들어 알고 있었지만, 창피하기도 하고 친구들에게 부끄러웠다. 어머니도 자식의 체면을 생각해서 친구들이 볼 수 없는 시간에 몰래 다녀오곤 했다. 가난해서 먹고살기 위한 호구책이란 비난을 받기 싫어서 이웃의 눈치를 보았으나, 가판의 장사가 농사보다 편하고 수입이 좋아 횟수가 점차 늘어나기 시작했다. 가판이 끝나고 나면 어머니는 자식들이 좋아하는 간식을 들고 기쁜 마음으로 돌아왔다. 나 또한 시간이 지날수록 어머니를 이해하게 되었으며 현금을 확보하는 좋은 방법이라고 생각했다.

어머니의 채소 장사는 한동안 계속 이어졌으며 그 돈으로 옷도 사고 용돈도 쓸 수 있게 해 준 어머니께 감사드린다. 지금 생각하면 옛날 부잣집 며느리가 감히 어떻게 노점상을 할 수 있느냐는 생각을 버리지 못했다면 자식들이 많은 어려움을 감수해야 했을 것이다. 어머니는 자기희생을 감내하고 자식들을 부족함이 없이 지원하여 아버지 없는 자식의 의지를 꺾지 않으려 노력하셨다. 그런 어머니의 노력하는 모습을 접하면서 나 또한 친구들이 놀 때 집안일을 돕고 공부도 더 열심히 해야 한다는 책임감을 가지게 되었다.

지금도 나는 인근 시골의 장에 할머니들이 파는 채소에 대한 알 수 없는 반가움을 느끼곤 한다. 잎채소, 호박, 가지, 오이, 무, 배추, 토마토, 당근, 파, 고구마, 감자 등 다양한 채소들을 시골 할머니들은 들고나와 그들의 넉넉한 인심만큼 싸고 풍성하게 담아주곤 한다.

시골에서 어린 시절 먹은 것들은 주로 채식 위주의 식단이었다. 당시에는 부드럽지 않은 보리밥보다 쌀밥이 그렇게 먹고 싶었다. 추수하면 쌀은 대부분 비싼 값으로 정부에 공출되어 환전된 돈으로 가계를 꾸리는 필수적인 수단이라 농사를 지었어도 가정에서 쌀밥을 먹기 어려웠다. 밥은 보리를 불린 후 고구마, 감자, 콩, 잡곡 등을 혼합한 보리밥이 주식이었다. 할아버지, 아버지의 몫으로 보리밥 가장자리에 쌀을 소량 넣어 밥을 지은 후 쌀이 있는 부분은 어른 밥그릇에 담고 나머지 보리밥은 섞어 가족들이 먹는다. 또한 대가족이 함께 모여 식사를 하며 어른들은 별도로 상을 차리고 나머지 식구들은 한 상에서 동시에 식사를 한다. 어른들은 쌀이 섞인 부드러운 밥이고 남은 식구들은 꽁보리밥이다. 어린아이라고 특별히 봐주지 않았고, 보리밥을 먹을 수 있는 것으로도 만족해야 했다. 아이들이 쌀밥을 맛보는 유일한 방법은 어른들이 쌀밥을 남기기를 기다리는 것 외는 방법이 없다. 엄격한 유교적 관습에 따라 위계질서가 분명하여 개인의 불평이나 불만은 있을 수 없었고 그것을 당연하게 생각했다. 그때 아이들은 어른이 쌀밥을 남기면 상을 들고 와서 어머니가 뭐라 하시기 전에 단숨에 먹어 치운 후 재빨리 밖으로 사라진다. 어른들은 아이의 버릇이 나빠질까 걱정하면서도 어린아이들의 순수한 마음을 이해하고 간혹 식사를 조금씩 남겨 사기를 높여주기도 했다.

초등학교 시절 농사꾼의 아들로 태어났기에 내 도시락에는 쌀밥이 약간 섞여 있었으나 가정형편이 좋지 않았던 친구는 잡곡과 보리밥에 된장, 김치로 혼자서 밥을 먹는 친구도 있었다. 그 당시는 쌀밥에 계란말이, 오징어무침, 소고기 장조림이 포함되면 친구들에게 부러움의 대상이 되었다. 지금 생각해 보면 보릿고개에 채식 위주의 보리밥과 잡곡밥, 고구마 감자 등이 가난한 부류의 식자재였으나 지금은 부자들의 전유물이고 영양식으로 평가받고 있으니 오래 살고 볼 일이다. 그 시절 주식인 보리밥은 부드럽진 않아도 학교에서 돌아와 허기를 느낄 때 광주리에 담긴 보리밥을 통째로 가져와 가족들이 먹을 정량에서 내 몫을 정한 후 된장이나 양념장에 비벼서 김치와 함께 먹으면 둘이 먹다가 하나가 죽어도 모를 정도로 맛있다. 보리밥이 꿀맛이고 소화를 잘 시킬 수 있어 아랫배가 묵직할 때까지 먹었던 습관 때문에 지금도 과식하는 버릇이 있다. 그런데도 나는 어릴 때부터 마른 체질이었다. 많이 먹고 소화를 잘 시켰으면 몸무게도 늘어야 하는데 날씬한 이유를 잘 모른다. 분명히 더 많은 영양분을 섭취해 소화작용이 이루어졌는데 그 영양분은 어디로 가는지는 지금껏 알지 못한다.

5.
없어도 만들어서 놀기

아이들은 놀기를 좋아하고 놀면서 배운다.

요즘 아이들의 잘 만들어진 장난감이나 놀이기구를 보고 있노라면 내 어릴 때는 무엇을 가지고 놀았는지 여러 생각에 빠질 때가 많다. 요즘은 인체에 해롭지 않고 안전한 장난감을 찾는 시대이지만, 무엇이든 귀했던 시골 마을의 우리는 만드는 법을 배우고 놀면서 또 자신만의 특기를 살려 다르게 만들기도 했다. 만드는 단계에서부터 이미 놀이였고 창작이었다.

그때 주로 만들어서 놀았던 것이 연물레, 팽이, 새총이다.

재료도 귀하던 시절이라 부모들이 감춰둔 가공된 자재나, 매끈하고 곧은 막대기를 몰래 사용한다.

하도 많이 만들어 놀다 보니 지금도 눈을 감고도 연물레 만드는 나만의 방법과 순서를 떠올릴 수 있다.

먼저 끌, 칼, 손도끼, 망치, 굵은 철사, 톱을 먼저 준비한 후,

연 물레를 지지할 짧은 막대 4개, 십자 받침대 위에 붙일 긴 막대 4개를 톱으로 정교하게 자른다. 짧은 막대 4개는 십자 지지대를 만들고 긴 막대 4개는 양쪽 끝에서 2센티미터 안쪽에 약간의 톱질을 하여 홈을 만들고 면을 고르게 다듬는다. 홈을 파는 간격과 깊이가 다를 경우 연 물레가 틀어져 외관상 보기가 싫다. 실수하지 않으려고 막대를 잣대로 확인하고 4개를 나란히 붙여 크기를 눈대중해 본 후 먼저 십자 지지대부터 조립하는데 헐렁하거나 조립이 어려우면 다시 손질한 후 망치로 톡톡 쳐서 집어넣는다.

다음은 십자 위에 4개의 긴 막대를 같은 방법으로 조립한다. 그 후 십자의 이음부(중앙)에 철사가 들어가게 쇠붙이를 불에 달궈 구멍을 뚫는다. 구멍의 간격이 정확하지 못하면 연 물레가 뻑뻑하고 잘 돌지 않는다. 가운데 들어갈 굵은 철사는 한쪽 끝을 원형으로 구부려 이탈을 방지하고 한쪽 끝에는 손잡이에 고정한다. 최종 조립이 끝나면 매끈하게 다듬고 문지르면 물레가 완성된다.

처음에는 실패도 여러 번 하고 손에 익지 않은 도구를 사용하다 손을 다쳐 울기도 했다. 또 각목을 몰래 가져 쓰다 들통 나 어른들에게 꾸중도 많이 들었다. 차츰 만드는 횟수가 늘어날수록 정교하고 질이 좋아졌다. 지금 생각해 보면 시간 가는 줄도 모르고 만들었던 연물레는 그것을 완성했을 때의 성취감은 이루 말할 수 없었다. 무엇인가를 만든다는 것이 얼마나 즐거운 일인지, 또한 나날이 정교해지는 손기술을 기르는 산교육이었다고 생각한다.

팽이는 그 당시 어린이들의 필수 놀잇감이었다. 시중에서 구매할 수 있었으나 부모의 허락을 받기가 어려웠고 시골에서는 직접 만들어 사용했다. 팽이 만들 재료와 도구를 챙겨 부모의 눈을 피해 외진 곳에서 둥근 목재를 손도끼로 뾰족하게 깎은 후 다시 예리한 칼로 면을 둥글게 다듬은 후 일정한 높이로 잘라 면을 고른다. 팽이가 만들어 지면 색칠을 하고 뾰족한 부분 중앙에 쇠구슬을 박으면 완성된다. 팽이는 높이가 일정하지 않고 무게의 중심이 한쪽으로 쏠리면 오래 돌지 못하고 팽이치기에서도 이길 수 없다. 목공장비만 있으면 수준 높은 팽이를 만들 수 있다. 팽이를 칼로 다듬을 때 손을 다쳐 아까징기라고 불리던 빨간약을 바르고 헝겊으로 동여매고 작업하다 어머니에게 혼난 적이 있다. 힘들게 만든 만큼 애착이 많아 잠잘 때는 머리맡에 놓아두고 잠들기도 했다.

내가 태어나고 자란 경남 함안은 농촌이라 참새가 유독 많았다.

추수철에 벼를 말리면 참새들도 따라 모인다. 그럴 때면 어른들은 아이들에게 참새를 쫓으라는 심부름을 시키기도 하였다. 그때는 참새가 귀여운 새라기보다는 곡식 낟알을 노리는 귀찮은 존재여서 아이들은 새총으로 이놈들을 잡으러 다녔다.

새총은 Y형의 나뭇가지를 구하는 것이 매우 중요하기 때문에 산이나 들로 나뭇가지의 굵기와 방향이 대칭되는 것을 찾아다녔다. 주로 관목류의 밑둥지에서 발견되는데 어쩌다 좋은 것을 발견하면 몰래 나뭇가지를 베어와 총대를 만든다. 30센티미터 길이로 자르고 가죽 헝겊으로 탄환 받침을 만들어 구멍을 뚫어 고무줄과 연결한다. 이때의 고무줄은 잘 늘어지는 것이 좋고 연결한 고무줄의 다른 쪽은 새총 Y자 선단 홈에 실이나 가는 철사로 단단히 묶으면 새총 만들기가 끝난다. 새총은 가지의 대칭 여부와 고무줄의 길이가 정확해야 하며 몇 번 만들어 보면 시중에서 판매하는 제품보다 명중률이 높다.

새총을 가지고 놀다가 실수로 유리창이라도 깨뜨린 날이면 그날은 밥도 못 먹고 쫓겨나 밤늦게 몰래 들어가야 했다. 그래도 새총으로 목표물을 명중시키는 놀이는 무척 재미있었고 새총도 여러 번 다시 만들어야 했다.

6.
밥 먹으려면 일해라

농사일은 일손이 많이 필요하다. 자연히 건장한 형제나 딸린 식구가 많으면 농사일에 도움이 되었고 동네 사람들 또한 이들을 함부로 대하지 못했다. 농사일이 기계화되기 전에는 24시간 일을 해도 일손이 부족해서 초등학생까지 학교에 갔다 오면 일을 해야 밥을 먹을 수 있었다. 일하지 않고 친구들과 놀면 부모들 잔소리에 견디기 어려웠고 밥 먹고 하루를 즐겁게 보내려면 소 풀베기나 풀 먹이기를 선택해야 한다. 놀고 싶어도 일해야만 했으니 일하면서 틈틈이 노는 수밖에 없었다.

소 풀베기는 언덕, 야산, 늪 주변 등에 풀이 무성한 장소를 사전에 답사한 후 출발 전에 낫을 숫돌에 갈고, 꼴망태는 멜 때 뒤로 처지지 않고 편안한지 확인을 한 후 출발한다. 소가 좋아하는 풀은 주로 밭 경사면 부드러운 풀을 공략한다. 풀을 베는 기술은 이미 숙달이 되어 다양한 방법을 사용하여 최대한 빨리 풀을 벤 후 망태에 담는다. 티끌을 모아 태산을 쌓을 때도 요령이 있듯이 풀도 상당한 부피를 차지하므로 많은 양을 담으려면 나름의 방법이 필요했다. 비교적 큰 풀을 망태 밑에다 먼저 담고 층층이 풀을 넣은 후 발로 눌러가며 망태의 끝까지 채운다. 망태를 짊어지기 좋은 자리로 옮긴 후 풀이 떨어지지 않도록 낫을 깊이 꽂은 후 망태를 지고 무게가 뒤로 처지지 않도록 뒷줄을 당기면서 이동한다.

소 풀 먹이기는 짧은 시간일 경우 풀이 많은 곳을 골라 고삐를 잡고 먹이고, 장시간 먹일 경우는 넓은 둑이나 벌판에 방목하고 친구들과 놀이를 한다. 방목할 때는 고삐를 뿔에 감아 소가 자유롭게 활동할 수 있도록 하는 것이 중요하다.

소를 따라다니며 가끔 친구들과 재미있게 놀다가 소를 잃어버려 애태운 적도 많았다. 소를 못 찾고 헤매다 집으로 돌아가면 소가 혼자서 먼저 집에 돌아오는 일도 더러 있었다. 소를 먹이면서 가장 신경 쓰이는 것은 남의 밭이나 논에 소가 들어가 농작물을 뜯어먹고 작물을 밟아 엉망으로 만들어 놓는 것이다. 그러면 소나 나나 주인의 호통에 먼저 혼나고 부모도 주인에게 사과하는 등 며칠 동안 근신하는 수모를 받기도 했다. 그 당시 우리 집은 어찌 된 일인지 소조차 튼튼하지 못했고 뼈가 앙상한 마른 소였다. 먹이를 잘 챙겨주지 못하고 관심이 부족했기 때문이라고 생각하고 나는 소에게 풀을 많이 먹여 통통하게 살을 찌우고 싶었다. 소가 풀을 많이 먹어 배가 불룩하면 어머니로부터 칭찬을 받았으며 그날은 기분이 좋았다.

형제가 많은 부잣집 자식들은 소 풀베기나 풀 먹이기를 않거나 횟수를 줄일 수 있었으나 나의 경우 내 몫을 줄이면 일을 할 사람이 없었다. 처음에는 투정도 많이 했으나 어머니와 누나가 동분서주 바쁘게 일을 하는데 나라고 친구들과 놀고 있을 형편이 아니었다.

밥을 먹느냐 못 먹느냐 그것이 문제였고 밥을 얻어먹으려면 반드시 일해야 한다는 원칙에 순종하며 살았다. 그 당시에는 너무나 힘들고 하기 싫었던, 낫질, 낫 갈기, 망태 메기, 지게 지기는 지금은 아름다운 추억으로 남아 있다.

어린 시절에 마을 앞에는 냇가를 중심으로, 논밭으로 된 들판이 펼쳐져 있었다. 그 냇가는 둑을 쌓아 물 수위를 조절했다. 마을 아이들은 냇가 주위의 둑 너머 넓은 방목지에 모여 소를 먹이거나 멱을 감았다.

아이들은 하교하고 난 후 소꼴(소 풀) 먹이러 모여들었다. 우리는 저수지 둑 근처에 모여 소머리에 고삐를 감아 들판에 풀어놓았다. 그리고는 가장 먼저 저수지에서 개구리헤엄으로 몇 번 왕복하다 다음에는 다이빙 시합을 하는데 처음에는 배수시설 수문 위에서 뛰어내리기 경쟁을 한다. 그러다 나중에는 더 높은 곳에 있는 배수장 운전대 위에서 뛰어내리곤 했다.

이 배수장(물 문)은 일제강점기에 설치되었으며 밖에 물이 들어오지 못하게 하고 벌판에 고인 물을 배수시킬 목적이었으나 해방이 되면서 공사는 중단되었고, 수문 역할만 하는 상태로 방치되어 있었다. 배수장 수심은 2~3미터이고, 높이는 약 7~8미터로 다이빙을 하기에는 매우 위험했다. 그런데도 아이들은 용감하고 모험심이 강하다는 인정을 받기 위해 수문보다 높은 배수장 운전대에서 뛰어내리기도 했다. 또래 중 한 놈이 먼저 뛰어내리면 다른 아이들도 뒤이어 눈감고 죽을힘을 다해

뛰어내렸다. 높이가 7미터 이상이고 물의 깊이가 얕은 곳도 있어서 잘못하면 다리가 부러질 수도 있었고, 배수장 강폭이 좁아 한가운데에 제대로 떨어지지 않으면 아주 위험한 행동들이었다. 나는 배수장 운전대에서 점프하는 것으로 만족했으며 그 당시 만용을 부려 배수장 상단에서 뛰었다면 위험할 수도 있었다. 그때를 생각하면, 조상이 보살펴서 지금까지 살 수 있었다는 생각이 든다.

수영 후 배가 빵빵한 소를 몰고 집에 가려면 배수장을 우회하여 안전한 길로 가야 한다. 그런데 배수장 상단 콘크리트 구조물(폭 1.5미터*높이 7미터)을 건너가면 위험성은 있지만 빨리 갈 수 있다. 배수장 콘크리트 구조물은 폭이 1.5~2미터 높이 7~8미터 길이는 10~20미터의 난간대가 없는 좁은 길이었는데 평소에도 그곳을 건너려면 겁나고 아찔한 느낌이 드는 위험한 곳이다. 그런데 아이들 중에는 그 높고 좁은 콘크리트 구조물 위를 소를 몰고 건너가는 경우가 간혹 있었다. 한번은 나도 용기를 내어 도전해 보겠다는 결심을 한 후 앞에서 소코뚜레를 꽉 잡고 끌어당겨 겁먹은 소를 안정시키면서 겨우 건너간 적이 있었다. 만약 소가 돌발행동을 했다면 6미터 아래로 추락하게 되고 대형 사고로 이어진다. 그날 가까스로 건너가긴 했으나 진땀이 나고, 다리가 후들거려 정신을 차릴 수 없었다. 다 건너고 난 뒤 소도 몸에 땀이 배어 있었으며 많이 놀란 것 같아 마음이 아팠다. 지금 생각해도 아찔하고 소름이 돋는다.

7.
놀이와 배움의 터, 내 고향 함안

　내가 살던 동네는 아주 큰 벌판이 있어 벼농사가 잘되었고, 또 저수지와 늪이 있어서 다양한 자연의 생태계가 본래의 모습대로 잘 유지되고 있었다. 흐르는 물이 아니라 물이 깨끗하지는 못했으나 동식물이 다양하게 서식하고 있는 넓은 습지라 아이들이 썰매 타기, 고기 잡기, 잠자리 잡기, 마름 열매 따기 등을 즐길 수 있는 곳이었다.

　어릴 때 지혜는 자연환경과 밀접한 관계가 있다. 늪 형태의 들판이 있었고 초가지붕이 다수였으며 농사가 주업이라 잠자리 잡기, 낚시하기, 참새 잡기에 많은 시간을 보냈다. 잠자리 중 왕잠자리가 선호도가 가장 높았다. 왕잠자리는 두 마리가 붙어 있는 상태로 날기도 하고 풀이나 나무에 붙어 있는 경우가 많다. 늪 속 풀에 붙어 있으면 옷을 벗고 빗자루나 나뭇가지를 들고 잠자리 뒤쪽으로 살금살금 접근하여 위를 살짝 눌러 다시 날아가지 않도록 조심해서 잡는다. 잡은 잠자리 암놈을 두 발을 실로 묶고 다른 실 끝을 1미터 길이의 가벼운 막대에 묶어 수놈의 왕잠자리가 있는 곳에서 암놈을 좌우로 흔들면 수놈이 바로 달라붙는다. 순간적으로 수놈이 도망가지 않도록 잡는 것이 기술이다. 처음엔 자주 놓쳤으나 경험이 생기면 실패율을 줄일 수 있었다. 한 시간 이상 흔들면 암놈의 왕잠자리가 힘이 없어진다. 방금 잡은 수놈을 줄에 매달아 몸통을 호박꽃의 꽃가루로 노랗게 칠을 한 후 흔들면 암놈으로 오인하고 달라붙는다. 그렇게 잡은 왕잠자리 날개를 가지런히 손가락 사이에 끼고는 목에 힘을 주며 자랑하고 다닌다.

썰매는 두 종류를 만든다.

한 발로 타는 스케이트와 앉아서 타는 썰매가 있는데, 겨울이 오기 전에 미리 장비를 손질해 두었다가 사용한다. 한 발 스케이트는 둥근 통나무를 반으로 잘라서 굵은 철사를 적당한 크기로 자른 후 철사를 불에 달궈 앞쪽 중앙에 박고 뒤쪽으로 구부려 못으로 고정하고 신발과 스케이트를 끈으로 묶어 고정할 수 있도록 좌우 양쪽에 일정한 간격으로 못을 박으면 끝난다. 썰매는 다양한 모양으로 만들 수 있으나 연장과 재료가 있어야 하므로 부모의 동의가 필요하다. 긴요한 곳에 쓰려고 준비해 둔 송판이나 각목을 허락 없이 사용하여 혼난 적도 있다. 그리고 썰매 만들면서 목재 자르고, 면 깎고, 못질하면서 손을 다쳐 부모에게 혼나고 쫓겨났다가 밥도 못 먹고 밤늦게서야 겨우 집으로 들어간 적도 있다.

고기 잡는 방법은 다양하다.

낚싯대로 잡는 방법, 줄낚시로 잡는 방법, 물을 퍼내고 잡는 방법, 통발로 잡는 방법 등 다양하다. 줄낚시로 잡은 방법은 비닐 끈(고래 심줄)을 10미터 정도 잘라 끝에 낚시를 두 줄로 달고 한쪽 끝을 막대기에 고정하고 낚싯바늘에 개구리 새끼를 똥

구멍에서 복부까지 찔러 빠져나가지 못하게 한 후 줄 대(창포류) 사이에 멀리 던져 놓고 집에서 기다린다. 석양에 50개 정도 만들어 두었다가 아침에 가서 회수하면 한 통 가득 잡을 수 있다. 줄낚시가 줄 대에 감겨 당겨지지 않으면 대부분 뱀장어나 메기가 몸부림치다 풀을 감고 있기 때문이다. 그땐 옷을 벗고 들어가서 조심스럽게 손으로 고기를 더듬어 확인하는데, 간혹 뱀이 걸려 있을 때도 많이 있어 당황할 때도 있다. 큰 가물치나 뱀장어가 걸리면 기분이 매우 좋고 고기를 많이 잡아 집에 가는 날은 부모로부터 칭찬을 받아 어깨에 힘이 들어간다.

물을 퍼서 잡는 방법은 가뭄으로 물이 줄어들었을 때 잡는다. 물이 바닥날 정도로 줄었을 때 다양한 종류의 고기가 등을 보이며 움직이는 모습들은 장관이다. 미꾸라지, 가재, 가물치, 메기, 붕어, 잉어, 버들치, 게, 뱀장어 등을 한눈에 볼 수 있다. 그런 작은 웅덩이의 물을 퍼내고 물고기를 잡다 보면 얼굴은 흰색이고 옷은 흙 범벅이다. 그래도 고기를 한 통 잡았으니, 집으로 가면 어머니가 기쁘게 맞아주신다. 저녁에 매운탕을 만들어 밥상에 올리며 아들이 잡아 왔다고 하면 아버지도 칭찬을 해 주신다. 지금 생각해 보니 비록 공부는 못하고 미운 행동도 더러 하는 아들이지만 가르쳐 주지 않아도 스스로 무엇인가를 배우고 만들어 오니 대견스러워 보였을 것이다. 그런 날이면 밥 먹자 잠에 빠질

만큼 고단한 하루였지만, 이렇게 자연 속에서 얻어오는 것이 있어서 어려운 시기를 넘기는 데 도움이 되었다.

늪이 있어서인지 각 가정에는 낚싯대가 늘 준비되어 있었다. 고기를 잡으려면 낚싯대, 지렁이, 그물망이 필수다. 그중 낚싯대 준비는 복잡하고 어렵다. 우선 대나무를 선택해야 하는데 구부러지지 않고 곧게 자란 적당한 길이가 좋은데 대부분 휘어져 있거나 짧아 마음에 들지 않는다.

우리 집 대밭에는 구할 수 없어 남의 집 대밭을 사전 답사하고 동정을 살핀 후 몰래 베어와 가지를 쳐내고 깨끗이 다듬은 후 휘어진 부분에다 열을 가하여 곧게 바로 잡고 오랫동안 그늘에서 건조한다. 다음은 질긴 끈(고래 심줄)을 구매하여 낚싯대 길이 보다 1미터 길게 자른 후 한쪽 끝에 낚시 2개, 추 1개를 달고, 낚시로부터 1미터 높이(물 깊이에 따라 상이함)에 수수깡으로 만든 웃기(찌)를 매단다. 반대편 줄의 다른 끝은 낚싯대 끝에 단단하게 묶으면 낚싯대는 완성된다. 낚시, 낚싯줄, 추(봉돌)는 구매해서 사용하는 경우가 많았으며 낚시 후에는 비닐통에 낚싯줄과 부품은 잘 보관하여 다음에 재사용한다. 지렁이는 습기가 많은 곳에 있기에 미리 위치를 확인해 두었다가 낚시질 가기 전에 확보한다. 지렁이도 참 지렁이가 낚시에 끼우기도 좋고 분비물이 적어 이용하기도 좋다. 그때의 나는 낚시해서 고기를 많이 잡지는 못했으나 한 번 가면 매운탕 끓일 정도로 잡을 경우도 있었다. 처음 시작할 때 웃기 위치조정, 줄 묶기 등을 재조정하고 낚시는 수초와 수초 사이 공간에 정확히 던져넣는 기술이 필요하다. 찌의 움직임(입질)에 따라 낚싯대를 당기는 순간 포착이 가장 중요한 기술이다. 붕어나 잉어는 웃기(낚시찌)가 크게 움직이고 반드시 웃기를 한 번 띄우며 그 순간이 고기가 물었다는 신호이므로 순간적으로 앞으로 당겨야 한다. 그 순간을 놓치면 먹이만 따먹고 도망간 상태이며 다시 먹이를 갈아 끼워 주어야 한다. 피라미(작은 종류)는 입질을 짧게 자주 하므로 순간 포착이 어렵고 낚아도 재수 없다고 싫어한다. 지금 생각하면 어린 나이에 참을성을 배울 수 있었고 고기를 잡겠다는 끈질긴 노력과 애착이 오늘의 나를 성장시킨 원동력이 되었다.

참새 잡기 또한 일이면서 곧 놀이였다.

당시 지붕이 볏짚으로 만들어진 집이 많았고, 또 인가 근처에는 농작물 등 먹이가 많아 참새들이 많았다.

저녁에는 참새들이 처마 밑에서 잠을 자기 때문에 밤늦게 손전등의 불빛과 사다리를 이용하여 지붕 밑에 손을 깊숙이 넣어 참새를 잡을 수 있었다. 또 다른 방법은 마당에 덫을 설치하는 방법이 있다. 덫은 무거운 널판이나 바지기를 20도 각도로 고임목을 고이고 널판이나 바지기 아래 바닥에 먹이를 흩어 놓는다. 고임목에 묶은 줄을 엄폐된 곳까지 연결한 후 새들이 널판이나 바지기 안으로 들어가기를 기다렸다가 재빨리 줄을 당겨 새를 잡는 방법이다. 새가 갇히면 놓치기 전에 달려가서 날지 못하도록 죽여야 했는데 성공할 확률은 40% 정도 되었던 것 같다. 성공확률을 높이려면 줄은 평평히 당겨야 하며 고임목 아래쪽에 줄을 묶어 쉽게 넘어지게 만들어야 한다. 경계하는 새와 잡으려는 사람과의 눈치싸움이다.

벼가 여물기 전에 참새들이 수액을 빨아먹으면 알맹이가 영글지 못하고 쭉정이가 발생한다. 그때쯤이면 사람들은 들판으로 나가 깡통이나 허수아비를 설치하거나 장대로 새때를 직접 쫓는 방법을 활용했다. 초등학교 시절 나도 어머니의 명을 받고 장대 들고 서낭골 논에 가서 새 쫓기를 했다. 그러던 어느 날 일을 마치고 집에 가려고 논 가운데에 있는 웅덩이에서 발을 씻다가 갑자기 거머리가 새까맣게 붙어 있는 것을 보았다. 겁에 질려 몸을 심하게 움직이다 밟고 있던 돌이 웅덩이 안으로 미끄러지면서 몸 전체가 웅덩이에 빠지고 말았다.

그 당시 나는 아직 수영을 못하는 상태였고, 마침 일이 끝날 시간이라 들판에 사람이 많지 않아 매우 위험한 상황이었다. 물에 빠져 한참을 허우적거리는데, 전혀 기대하지도 않았던 정문 형이 달려와 나를 잡아 끌어올렸다. 정신이 없어 논에 쓰러져 있다가 물을 토하고 점차 정신이 들기 시작했다. 형님의 생각에 이놈이 집으로 올 때가 되었는데 보이지 않으니 무심코 들린 것이 계기가 되었다. 형님은 나의 생명을 구한 은인이며 신의 계시가 있었다고 생각한다. 그 당시 형님이 할 일이 많았거나 사전 약속이 있어 먼저 집에 들어갔거나 시간이 지체되었다면 나는 저세상 사람이 되었을 것이다. 워낙 순간적으로 갑작스럽게 벌어진 일이라 이런 것을 두고 운명이라고 하는 모양이다.

사람은 살아가는 동안 세 번은 죽을 고비를 넘긴다고 한다. 익사한 사람은 물속을 세 번 오르락내리락을 반복하다가 죽는다고 한다. 1950년 후반, 나는 물에 빠져 두 번까지 오르내리길 반복하다가 그렇게 구조되었다.

오래전부터 죽었다고 생각했거나, 혹은 거의 죽다가 살아난 사람들의 사례가 많이 연구되고 있다. 이런 죽음에 관한 연구자료 중 퀴블로로스 박사의 "사후 생"은 아동병원에 수술한 다수의 환자가 근사 체험한 상담자료를 근거로 작성한 연구논문이다. 의학적으로 죽은 자가 회생하여 남긴 기록이나 이야기를 종합하여 발표한 책이다. 근사 체험자들은 첫째로 죽은 유체를 떠날 때 그 당시 상황을 생생하게 기억하고 있다. 수술 시 간호사의 복장, 의사가 한 이야기, 구급차로 환자를 운반하던 모습 등 상황을 모두 기억한다. 둘째는 유체 이탈 시 큰 터널을 지나고 통과한 후 펼쳐지는 넓고 아름다운 평야를 보게 된다. 셋째는 어린이는 예수, 석가모니 등 성직자의 안내를 받고 성인은 주로 조상들의 안내를 받는다고 한다. 넷째는 장애인의 경우 유체 이탈 후에는 정상인으로 행동하며 한국에서 미국에 거주하는 이모의 생활 모습을 볼 수 있는 시공간 활동이 가능하다. 다섯째는 근사 체험 안내자와 대화가 끝나고 헤어지거나 돌아가라는 권유를 받고 깨어났더니 수술실이었다고 증언했다.

내가 물에 빠져 허우적거릴 때는 사후세계를 경험하지 못했다. 익사는 물에 빠진 후 3~5분 이내에 발생하므로 근사 체험하기에는 시간이 너무 짧다. 익사 후 위급하여 병원으로 옮기는 과정이었거나 수술을 받았다면 근사 체험 대상이 될 수 있었을 것이다. 신의 뜻이라면, 어린 것이 부모 말 잘 듣는 선행을 참작하여 구원해 주었다고 생각한다. 그리고 염라대왕의 면접을 미리 받아서인지 지금까지 무탈하게 살고 있다.

2부
___

가난과 농사
(1955~1969)

1.
상반된 기억이 공존하는 초등학교 시절

나는 일곱 살이 되던 해 1955년에 가야 초등학교에 입학하여 1961년 36회로 졸업했다.

입학하는 날 어머니 손을 잡고 또래 친구들과 선생님께 인계되었다. 그리고 다음 날부터 서먹서먹한 친구들과 탐색전이 시작되었다. 어떤 친구들은 말을 걸기도 하고 또 다른 친구는 집적대기도 했다. 그러다 방과할 때면, 동네 또래들과 이야기하고 장난치면서 함께 집으로 돌아오곤 했다.

이때만 해도 별다른 어려움 없이 비교적 적응을 잘하여 행복했던 시절이라는 생각이 든다.

생각해 보면 초등학교 3학년까지는 아버지가 살아 계시고 부농이라 어머니의 관심과 사랑을 받으며 행복하게 자랐다. 그러나 4학년 때에 아버지가 사망하고 어머니가 농사일을 전담하느라 자식과 함께하는 시간이 적어졌다.

이처럼 초등학교 시절의 내 기억은 아버지 살아생전인 저학년 시절과 아버지 돌아가신 고학년 시절로 나뉜다.

아버지 사망은 그 이전과 상황이 많이 달라졌고 내가 해결해야 할 일이 많아져 자주 투정도 부리곤 했다. 그런 나를 보면 동네 어른들이 왠지 안타깝게 생각하는 것 같았고 그런 의식은 점차 자신감이 없어지고 행동에 위축을 가져왔다. 또한 스스로 외롭다는 생각도 들게 했다.

초등학교 3학년까지 공부를 어떻게 했는지는 생각나지 않는다. 4학년 담임 한기계 선생으로부터 칭찬을 많이 들은 추억이 어렴풋이 기억나고, 방학 숙제로 연필꽂이를 출품하여 상장을 받고 자랑스러워했던 기억이 있다. 학교 성적은 중간 정도였고 공부보다는 노는 게 좋았던 시절이었다.

책과 필통을 책보로 싸서 허리나 어깨에 메고 또래들과 둑을 따라 걷다가 개울을 건너 학교 울타리 개구멍으로 가로질러 들어가곤 했다.

우기에 물의 수위가 높아 하천 건너기가 어려울 땐 등하교 시간이 많이 소요되었고, 겨울철 얼음이 얼면 등하교도 쉽고 재미도 있었다. 만용을 부리다 얼음이 깨져 신발이 물에 젖어 종일 추위에 떨었던 재수 없는 날도 있었다.

동네 또래들과 하굣길에 꽃뱀을 발견하면 돌로 쳐서 죽이고,

작은 웅덩이 물을 퍼내고 고기를 잡아 고무신 물속에서 헤엄치는 모습을 관찰하기도 했다.

아버지 살았을 때 이야기지만 비교적 부농이었던 우리 집에는 간식거리가 많았다.

오래된 감나무가 집안에 다섯 그루, 집 밖에 두 그루 총 일곱 그루의 감나무가 있었다. 이 일곱 그루의 감나무들은 아낌없이 우리 집안에 간식거리를 제공했다.

봄에는 감꽃을 줄에 꽂아 달아놓고 뽑아먹고, 여름에는 풋감을 따서 물속에 담아 익혀 먹고, 가을에는 곶감과 홍시를 털어 먹었으며 겨우내 부뚜막엔 감식초를 만들어 먹었다.

나는 초등생 시절 마른 체격이었고 재빨라 나무에 기어오르기를 잘해서 다람쥐라는 별명을 얻었다. 나무에 올라 직접 홍시를 따 먹었을 때 그 맛은 그 무엇과도 바꿀 수 없었고 행복감을 느끼곤 했다.

약간 마른 편이었지만 건강했고, 학교생활에서도 개근상을 계속 받을 수 있을 정도의 끈기도 있었다. 그러나 체력의 한계를 넘어설 수 있는 정도의 체계적인 교육을 받을 수 있는 기회에는 접근하지 못했다.

학교 운동회 달리기 시합에서 1등은 못 하고 겨우 3등은 했던 것으로 기억된다. 또 놀이나 공차기에도 기교가 없어 대체로 공을 따라다니는 편이었다.

마음으로는 최고가 되고 싶었으나 어린 시절 의지를 실현할 수 있도록 체계적인 학습 기회가 부족했다.

아버지가 돌아가시고 마을의 집안 가족이 모이면 외로움을 느꼈다. 우리 마을은 집성촌이라 집안 어른들과 사촌, 육촌들이 이웃으로 모여 살았다. 아버지의 죽음으로 나는 달라진 주위의 시선에 예민해졌다. 그리고 어린아이들에게 있어서 부모 형제의 뒷배경이 얼마나 든든한 힘이 되는지 일찍 알게 되었다. 아버지나 형제가 많은 이는 그 후광을 입어 기세 싸움에서 유리했고 또한 예우를 받았다. 자연스럽게, 나는 소소한 일들에서 서럽고 억울한 일들이 생기면 저절로 기가 죽곤 했다.

우리 집의 유일한 어른이자 대변인인 어머니는 남편을 잃은데다, 당숙모들보다 나이가 적었다. 어머니는 성정상 나서서 사람들을 이끌기보다는 차분하고 조용한 성격이었다. 마을 아이들 간에 적극적으로 자식들의 기를 세워 주기보다는 양보하고 이해하느라 내가 기댈 수 있는 든든한 울타리라는 생각이 들지 않아 나는 불만이 많았다. 아버지라는 끈을 잃어버린 젊었던 어머니는 오히려 마을 친족 간에 서로 도와주고 이해하고 또 참고 지내는 것을 미덕으로 알고 있었다. 자연스럽게 나는 포부나 활동적인 성정을 키우기보다 주어진 일에 최선을 다하는 쪽의 다소 소극적이고 방어적인 성향으로 바뀌었다.

안우환

2.
짧았던 부산 중학교 유학 생활

초등학교를 졸업한 후 중학교 진학을 앞두고 있을 때였다. 1961년의 일이었다.

아버지 돌아가시고 이모, 외삼촌들이 우리 집을 방문했는데, 구체적으로 어떤 이야기가 오갔는지는 모르겠지만, 내 중학교 진학에 대하여 논의했던 모양이었다. 그 당시 외삼촌과 이모 두 분은 부산에서 살았다.

외삼촌은 부산 시내버스를 운전하는 기사였다. 둘째 이모부는 고령으로 어떤 일을 하는지는 기억나지 않으며 셋째 이모부는 부산 부두에서 하역 작업을 하였다.

외삼촌과 이모의 조언도 있었고, 어머니 생각도 아들의 미래를 위하여 부산에 유학시키는 것이 좋겠다고 결론을 내린 것 같았다. 그래서 부산의 중학교를 다니게 되었다.

1960년대였던 당시 새마을운동, 산업 공업단지 신축 등 산업화가 본격적으로 추진되었다. 시골에서 농사짓던 젊은 인력이 도시의 공단으로 이동하던 시기였다. 그런데 충분한 논의와 준비도 없이 무작정 외삼촌을 따라 부산의 양정동 단칸방에 기거하면서 평화중학교(지금의 부산동중학교)에 입학했다. 학교에 대한 정보가 전혀 없는 상태였다. 학교선택권도 없었고, 중학교 현황도 잘 알 수가 없었다.

나는 그저 외가 친척들의 무모한 도전에 무작정 던져진 채 학교 위치만 안내받고 시키는 대로 학교에 다녔다. 부산이 처음인 촌놈이라 모든 것이 낯설기만 했다.

외삼촌이 살던 양정동 집은 전세 얻은 단칸방이었고 거기서 외삼촌 부부와 딸, 그리고 나, 이렇게 4명이 거주하였다. 당시 외삼촌은 버스 기사였고 외숙모는 공장에 다녔다. 그런데 외삼촌은 버스 기사를 하면서 도박에 빠져 가정파탄이 예상되던 시기였다.

내가 그곳에 함께 기거한 지 얼마 되지 않아 결국 외삼촌은 이혼을 했다. 그런데 또다시 미장원을 하던 외숙모와 재혼하였고, 이번에는 전포동 단칸방에서 함께 생활하게 되었다.

외삼촌에게 그런 일이 있었는데도 나는 눈치도 없이 외삼촌과 새 외숙모와 함께 계속 학교에 다녀야 했다. 그런데 그것도 오래가지 못했다. 얼마 후 새로 결혼한 외삼촌에게 아이가 생겨 식구가 늘어나자 나는 부득이 영주동에 있는 둘째 이모 집으로 거처를 옮겨야 했다. 당시 다니던 학교는 옮기지 않았는데, 이모네 집은 학교로 가기 위해 전철 타고 나머지 구간은 걸어서 다녀야 했다.

이모 집 또한 넉넉한 형편이 아니었다. 외동딸인 누나와 이모 부부가 살았는데 이모부가 고령이어서 건강이 좋지 못했다. 이모부가 일과가 끝나면 손에 그날 먹을 식자재를 들고 힘들게 영주동 산꼭대기까지 올라오던 모습이 눈에 선하다. 그러나 영주동 생활도 오래 견디지 못했다. 없는 살림에 더부살이를 계속하는 데도 한계가 있었다.

결국 단칸방 생활을 접고 1961년에 입학한 평화중학교를 중퇴하고 1962년 2월 22일 함안 집으로 다시 돌아왔다.

나의 부산 중학교 유학 생활은 이렇게 짧게 끝났다.

외삼촌이 가정형편이 좋지 않은 상태에서 내 공부를 시키겠다고 주장한 이유에 대하여 나는 아직도 잘 모른다. 지금에서야 어쩌면 나 때문에 가정불화가 심해질 수 있었다고 생각하니 마음이 아프다. 그 당시 가난했으나 부산지역 변두리에서 자취 생활을 하거나 하숙을 하면서 졸업했더라면 어떻게 되었을지 궁금하다. 끝까지 공부를 마치겠다는 신념은 굳건했으니 어쩌면 어려운 환경에서도 중학교 공부를 끝까지 했을 수도 있겠다는 생각도 한다. 비록 짧게 끝났어도 부산 생활을 통해서 가족과 떨어져 일상생활을 했을 뿐 아니라 절약하는 정신도 배웠다.

그 어려운 환경에서도 나를 거둔 것을 보면 외삼촌은 인성은 좋았으나 타인의 요구를 거절하거나 의지가 강하지는 못했던 것 같다.

둘째 이모 딸 수자 누나는 그 당시 고등학생이었는데, 반에서 1등을 놓치지 않았으며, 인성이 좋은 모범생으로 나를 많이 도와주었다. 막내 이모는 자식이 2남 3녀였는데 장남 경환이가 나와 동갑이었다. 자주 만나 재미있게 놀았으며 이모부는 체격이 좋고 인자하여 간혹 방문하면 잘 보살펴주었다.

부산에서의 생활이 어려웠던 것은 사실이나 서로 도와주고 베풀어준 따뜻한 마음은 나를 바르게 성장시키는 원동력이 되었으며 아련한 추억이 되었다.

3.
외가 이야기

외할아버지 이효영과 외할머니 조사규 슬하에 1남(이경숙) 4녀가 태어났다.

거주지는 함안군 산인면 신산리 789번지이며 외할아버지는 대목수였다고 한다.

함안에 있는 여러 제실, 꽃집(열녀문) 저택 등을 많이 지었으며 지금의 가야동 고택도 외할아버지가 지었다고 한다. 그래선지 나에게도 유명한 대목수의 자질이 잠재되어 있다고 생각되어 매우 자랑스럽다. 재능이 있는지 조기에 확인하여 설계 디자인 분야로 진출했으면 더 좋은 능력을 발휘할 수 있었을 것이라는 위로도 가끔 해 보았다.

외삼촌 이경숙은 부산에서 시내버스 기사를 하면서 결혼하여 슬하에 2남 1녀(이희야)를 두었는데, 가정을 행복하게 꾸리지 못하고 노후에 고생하다가 지병으로 사망했다. 그 후 조카

들과 몇 번 접촉이 있었으나 계속되지 못하고 연락이 끊어진 상태이다. 첫째 외숙모는 슬하에 딸(이희야)을 두고 이혼하였으며 둘째 외숙모는 미장원을 하다가 결혼하여 두 아들(장남 이근)을 두었다. 이후 외삼촌과 사별한 후 지금은 외가와 연락이 끊어진 상태이다.

첫째 이모는 진주 반성에 시집가 슬하에 2남 1녀(김성태, 김길태)를 두었으며 김성태 형은 부산에서 세탁소를 경영했으며, 김길태 동생은 부산에서 신발회사를 설립하여 사업을 했다. 둘째 길태와 몇 번 연락하다가 먹고사느라 자주 만나지 못하였으며 지금은 연락이 끊어진 상태다.

둘째 이모는 부산으로 시집가서 슬하에 1녀(조수자)를 두었으며 이모부는 노후에도 일을 계속하였다. 이모부와 이모가 돌아가셨을 때도 조문을 하지 못한 것이 후회스럽다. 1961년 부산에서 중학교 과정을 유학할 때 외삼촌의 가정환경이 여의치 않아 갈 곳이 없을 때 단칸방에 살던 이모와 함께 생활했다. 갈 곳이 없는 조카가 안타깝고 또 시골에 있는 어머니에게 미안한 마음에서 비록 단칸방이지만 나를 거두었을 것이다. 이모네 딸 수자 누나는 단칸방에서 생활할 때 나를 아껴 주었고 항상 편안하게 해 주려고 노력했다. 이모부 사망 후 결혼했다는 소식은 간접적으로 들었으나 지금까지 소식이 끊어진 상태이다.

넷째 이모는 부산으로 시집가 슬하에 2남(장남 윤경환) 3녀(장녀 윤경연, 차녀 윤경자)를 두었는데, 부산시 영주동에서 살았다. 이모부는 부두에서 하역원으로 일을 했는데 작은 집을 소유하고 있었다. 크게 여유는 없었으나 월급으로 안정적인 생활을 할 수 있어서 가정에 활력이 넘쳤고 행복해 보였다. 장남 경환이는 나와 동갑내기였고 형제자매가 많았는데 정확히 몇 명인지는 아련하며 만나 보고 싶다.

부산 유학 생활이 어렵고 외로워 이모 집에서 동생들과 시간 가는 줄 모르고 재미있게 놀았던 기억이 새롭다. 소식 끊어진 지 오래되었으며 지금도 연락이 불통이다. 외가에 대하여 너무나 무심하게 보낸 것을 후회하고 있으며 도리를 다하지 못했다

고 생각한다. 죽기 전이라도 서로 만날 수 있도록 노력해 보려
고 한다.

4.

늦었으나 뜻깊었던 고등학교 생활

다시 집으로 돌아온 나는 함안중학교로 전학했고, 나는 열심히 공부했다. 당시 성적순으로 학급을 편성하여 진학률을 높이기 위하여 집중 지도를 했다. 3학년 동안 A반에서 공부했고 성적(3학년 A반 7/59 등)도 나쁘지 않았다. 진학할 학교 선택을 위한 상담에서 마산고등학교와 부산공전 중 부산공전을 최종 선택했다. 그 이유는 가정의 사정이 좋지 않았는데 일단 학비가 쌌다. 그 당시 산업화 시대가 시작되던 시기라 공학도의 전망이 밝다고 생각했기 때문이었다. 박정희 대통령 시절 산업화 시대에 대처하기 위하여 5년의 초급대학 과정을 설립하여 장기적으로 부족한 공학도를 양성하는 것이 정책목표였다. 1960년대 가정환경이 좋지 않아 진학을 포기하는 유능한 학생들에게 국가에서 적은 돈으로 공부할 기회를 제공해 주었으며 설립 당시 경쟁률이 높았다. 진학 전 상담 결과 나의 3학년 성적이면 합격할 수 있다는 진학지도에 따라 원서를 제출하였으나 낙방하고 말았다. 눈앞이 캄캄하고 참담한 심정이었으며 어머니께 면목이 없었다.

　중학생 시절 부산유학 실패 경험에 이어 고등학교 진학까지 실패했으니 더 이상 도전의 기회가 없어졌다. 나는 그 당시 진학 실패 원인을 수차례 곱씹어 보았다. 내 실력이 부산공전에 갈 실력이 있었을까? 나는 의문을 품었다. 내 실력에 대한 객관적인 평가는 학교 성적이 전부였다. 학교 성적은 시험 기간과 범위를 미리 알려 주고 열심히 외우고 노력하면 좋은 점수를 받을 수 있었다. 즉 나무를 보고 숲을 보지 못하는 암기식 교육이 패인의 원인이었다고 생각했다. 문제에 대한 핵심을 분명히 이해하지 못하고 암기만 하려고 했지, 원리와 이론적 근거를 완전하게 이해하지 못하여 응용 편에선 문제에 대처할 수 있는 능력이 부족하였다. 즉 죽은 공부를 하다 보니 내 성적관리에 거품이 많았고 진학 결정의 정확한 기준이 될 수 없었다.

그 당시 부산공전에 입학했으면 내 인생은 많이 달라졌을 것이다. 공학도로서 사회일원이 되었을 것이고 끈질긴 노력으로 공업계에 일조할 수 있었을 것이다. 불행하게도 기회가 주어지지 않아 모든 것을 포기하고 새로운 길을 개척해야 했다. 예정과 다른 길은 거칠고 힘든 과정을 거쳐야 하고 많은 수모를 감수해야 했다. 곧 군 입영통지서가 송달될 예정이었다. 병무청에 확인 결과 3사관학교 사관후보생 모집이 있었다. 돌파구를 찾지 못하고 있던 차에 차선책으로 군 복무와 직업군인의 역할을 동시에 충족시킬 수 있는 3사관학교 후보생 모집에 참여하여 3사 2기로 입교하여 1년 교육을 마치고 육군 소위로 임관되었다.

부산공업전문학교 진학 실패 후 1966년 3월 4일 함안농업고등학교에 입학했다. 원하지 않았던 입학이었고 고등학교 졸업장을 받는 것을 목적으로 학교에 다녔다. 당분간 관망하면서 어머니 농사일을 돕기로 했으며 학교에 갔다 오면 논농사 경작 상태를 점검하고 밭에서 수확되는 농산물을 지게로 운반하기도 했다. 똥장군에 인분 퍼다 나르기, 퇴비 뒤집기, 여항산 나무 하러 가기와 쟁기질, 쓰레질 등을 배우기도 했다. 학교생활을 하면서 공휴일, 방학을 주로 이용했으며 보고 들은 경험을 살려 어려운 농사일을 많이 배웠다. 학교에서 배운 내용을 참고는 했으나 배운 것을 현장에서 적용하지는 못했다.

당시 함안농업고등학교는 새로 지은 신축통합 건물에서 공부했으나 건물 주변에 조경이 되지 않고 철조망으로 둘러싸여 삭막하고 쓸쓸해 보였다. 남녀 공학이었고 진학에 실패했거나 가정환경이 어려운 학생이 많이 입학했다.

나는 진학에 실패한 부류에 해당했고, 정상적으로 입학한 학생보다 2살이 많아 중학교 후배들과 학교에 다녔다. 원하지 않았던 입학이라 공부보다는 놀기 좋아하는 농땡이 친구들과 더 가까이 지내게 되었다. 초등학교나 중학교 동기생을 만나면 2년 후배들과 함께 학교에 다닌다는 흉을 보는 것 같아 항상 마음이 편치 못했다. 특히 단체 모임에서 나에게 존댓말과 반말을 다르게 호칭할 경우 분위기가 어색해지고 모멸감을 느낄 때가 많았다. "야 너 초등학교는 우리 형과 같은 학년이지?"란 말을 들었을 때 자존심이 상했지만 참을 수밖에 없었다. 재수한다는 것을 쉽게 생각했는데 인간관계에서 매우 불편하다는 것을 그때 뼈저리게 느꼈다. 처음에는 공부를 포기했으나 어머니와 가족을 생각하여 학교는 충실히 다녔다. 공부가 끝나면 친구들과 풀빵 집에서 자주 만났던 기억과 친구 집으로 다니면서 술 먹고 담배를 피우는 무리에도 섞였다. 나는 술을 잘 먹지 못했고 담배는 고등학교 졸업 직전에 피웠지만 그래도 학생의 신분을 벗어나는 행위는 자제했다.

당시 학생들의 분위기는 열심히 공부하는 쪽과 공부를 포기한 쪽으로 나누어져 있었다.

나는 농땡이 무리와 친하게 지내면서도 비교적 착실하고 성적(3학년 A반 5/39 등)도 좋은 편이라 성실한 학생들과 교량적인 역할을 할 수 있었다. 농땡이 학생들의 면면을 보면 훌륭한 부모들 슬하에서 자라다 일시적으로 이탈한 경우, 형제들은 머리가 좋아 유명 대학에 진학하였으나 본인은 진학에 실패한 경우, 가정 사정이 좋지 않아 도시로 진학하지 못한 경우로 잠재 능력이 있는 학생도 많았다. 또 마산에서 중학교 다니다 퇴교한 학생 중 훌륭한 가정에서 성장하여 공부를 잘했던 전력이 있는 학생들도 많이 있었다.

고등학교 시절 가장 기억에 남는 일로 1968년 함안농고 학생회장에 당선된 일이다.

　고3 때 전교학생회장 선거가 있었다. 당시 전교학생회장은 피하는 추세였으며 자격조건은 학업성적도 좋고, 모범생이어야 했다. 농땡이파에서는 내가 조건에 가장 적합하다는 의견일치로 회장에 출마하게 되었다. 당시 내가 학생회장에 당선된 이유는 3학년 동급생보다 1, 2학년 학생들의 표가 많아 당선되었다고 한다. 농땡이들이 선거운동을 열심히 한 결과이며 후배들에게는 친절하고 인기가 있었기 때문이었다.

　나는 꽤 소심하고 소극적인 성격이었다. 초등학교부터 간부를 해 본 적이 없었으며 남들 앞에 나서기를 싫어했고 항상 뒤에서 관망하는 편이었다.

　함안농고에 입학했을 때도 정상적으로 입학한 학생보다 2살이나 많아서 자존감이 낮아진 상태였고, 내면적으로도 사회로부터 격리되었다는 외로움을 겪고 있던 시기였다. 당시 총학생회 회장 후보자는 김두환과 나, 단 2명이었다. 김두환은 나와 중학교 동기생이며 3학년 A반에서 함께 생활했다. 두환이는 마산고등학교에 응시해 실패했고 나는 부산공전에 응시해 실패한 후 함안농고에 입학하여 다시 만났다. 동기생들 이야기에 의하면 모범생들은 김두환이를 지지했고 그 외 학생들이 나를 지지했으며 1, 2학년 학생들이 나를 많이 지지하여 전교 회장에 될 수 있었다고 했다.

학생회장으로서 조직을 구성하고 회의도 몇 번 했던 것 같은데 자세한 내용은 기억나지 않는다. 학교에서 두발 자유화, 백색 운동화 착용, 등 회의를 개최하고, 의결한 결과를 학교에 건의하였으나 채택되지 못했다. 졸업앨범은 의견을 수렴한 결과 반대의견이 많아 시행하지 못했다. 당시는 학생회장이 학생들을 대변하고 학교에 애로사항을 반영하기 어려운 시기였고 단체행동도 어려운 실정이었다. 학생회장으로서 학생을 대변한 것이 무엇인지 잘 모르겠다.

개인적으로는 학생회장을 경험하면서 자신의 발전과 사회활동에 많은 도움을 받았다. 첫째, 학생으로서 선생님과 접촉하

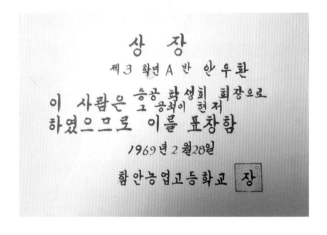

는 횟수가 늘어났고, 학교운영사항을 일부 확인할 수 있었다. 둘째, 학생들의 의견을 수렴하고 접촉하는 기회가 많아져 교우 관계를 원만히 할 수 있었다. 셋째, 학생회장 직함으로 나에 대한 신뢰가 높아졌고, 학생회장을 경험하면서 조직관리와 통솔 방법을 배우고 이해하는 계기가 되었으며 사회활동에 자신감을 얻게 되었다.

　함안농업고등학교는 농업학교라 교양과목, 일반과목, 전문 과목으로 구분하여 농업 전문 과목은 이론과 실기로 나누어져 있었다. 농작물을 재배하는 기술을 배우면서 실습 시간에 똥통을 2명 1개 조로 나누어 화장실 인분을 담은 후 운반하여 작물에 웃거름을 준 기억이 생생하다. 냄새가 나서 싫었지만 지금 생각하면 작물의 성장 과정을 배웠고 자연의 원리를 배웠다고 생각한다. 화훼시간에는 접붙이기, 전지하기, 채소원예 시간에는 순따주기, 솎아주기, 보통작물 시간에는 모종 가꾸기, 피뽑기, 도장 방지하기, 조림 시간에는 호두나무심기, 묘목심기 등을 했다. 특히 보통작물을 가르친 이규석 선생님은 인정이 많고 호탕한 이웃집 아저씨 모습이었고, 보통 작물에 대해서는 이론과 경험을 모두 갖추고 있는 선생님으로 학생들에게 이론적인 개념을 정확하게 요약 설명해 주었다. 조림을 가르친 하

중고등 학교 전경

희석 선생은 인자하여 학생들이 좋아했으며 특히, 호두나무를 많이 심어야 한다고 강조하였다.

당시 학교에서 받아와 집에 심었던 호두나무가 성장하는 것을 보며 무척 기뻤다. 접붙이기, 장미꽃 전지, 채소재배 등을 실습해 보면서 많은 기술을 익혔다.

지금 생각해 보면 비록 원하는 입학은 아니었으나 이때의 진로가 내 삶의 이정표가 되었을 뿐만 아니라 운명 같은 것을 많이 생각했다. 또한 학창 생활을 통하여 뜻대로 되지 않을 때도 견디고 배우고 즐겁게 삶을 꾸려가는 법을 배웠다. 그 무엇보다도 홀로 계신 어머니를 도우며 함께 할 수 있어서 좋았다.

5.
기울어 가는 살림, 벗어날 수 없었던 농사일

아버지 돌아가시고 장남인 형님이 장성하여 1961년 결혼을 하였다. 형님은 어머니가 달랐다.

형님의 친어머니가 일찍 돌아가시고 내 어머니가 뒤에 시집 가셨다.

5년 가까이 형님네와 본가에서 온 가족이 함께 살았다. 보통 결혼한 사람이 본가를 떠나 분가를 하는 것이 흔하지만 우리의 경우는 형님 내외를 제외한 어머니, 나, 누나, 동생이 본가를 떠나 분가를 했다.

1966년 같은 동네 초입 모퉁이 작은 초가집으로 이사를 했다. 탱자나무 울타리가 쳐진 길모퉁이 작은 집은 과거 오 씨가 살던 집이었는데, 방 2, 마루 1, 부엌 1, 실외 화장실 1, 외양간 1, 장독대 1개가 있는, 시골집으로는 50평 미만의 작은 규모의 농가였다. 내 기억에 그 집은 외풍이 심하고 마당이 작아서 답

답하고 좁은 곳이었다.

아버지가 생존해 있었으면 누나와 동생 결혼까지 형님과 함께 대가족 구성원으로 함께 생활할 수 있었으나, 형님이 장자이면서 가주가 되는 등 상황이 변했고, 도시에서 거듭된 실패와 심한 좌절을 겪어 온 형님의 술주정이 갈수록 심해져 어머니와의 분쟁도 잦았다. 또한, 조카들도 성장하여 독립할 시기가 되었다.

어머니도 형님과 함께 생활하는 것보다 장자에게 집을 물려주고 친자와 함께 살길 바라는 마음이었다. 종갓집 며느리를 들인 이상 어머니가 종갓집에 거처하는 것보다 친자이자 둘째인 나와 함께한 것도 순리적이었다고 생각한다.

1966년 어머니, 누나, 나, 여동생이 분가하여, 내가 1969년 군에 입대할 때까지 새로 마련한 모퉁이 집에서 생활했다. 분가 당시 나는 어머니의 농사일을 도우며 함안농고에 재학 중이었다.

아버지가 유언으로 남긴 내 유산(추정면적)은 남밭골 밭 1000평, 서낭골 논 800평, 남밭골 천수답 100평, 텃골 천수답 100평, 대방골 산 밑 논 50평(모판용)이었다.

분가 후 힘든 일만 간혹 일꾼을 고용하고, 그 외의 농사일은 어머니가 홀로 감당해야 했다.

고등학교 학생이었던 나는 어머니와 누나가 머리가 빠지도록 이고, 들고 농작물을 운반하는 모습을 보고 방관할 수가 없었다. 먹고사는 일이니, 공부보다는 농사일에 더 신경을 썼다.

고구마, 감자, 콩, 조, 무, 배추, 깨, 고추, 잎채소 등의 밭작물은 남밭골에서 주로 수확했는데, 집에서 약 2~3킬로미터 정도 거리에다 큰 고개를 넘어 다녀야 했다.

그 길을 어머니와 누나는 머리에 이고, 나는 등에 지고 고개를 넘어 운반하는데, 몇 번을 쉬어야 집에 도착할 수 있었다. 그때 배운 요령인데, 지게를 받치고 쉴 때는, 평평하고 약간 높은 곳을 택하는 것이 앉거나 일어나기가 편리하다. 지게로 재를 오를 때는 등에 땀이 나고 내려갈 때는 다리가 후들후들 떨린다.

쟁기질이나 쓰레질은 일꾼이 하고 모심기는 마을 단위의 품 앗이로 이루어졌지만, 물관리, 논매기, 벼 베기, 타작하기는 가족들의 몫이었다.

농사일은 때를 맞추어 끊임없이 계속해서 움직이지 않으면 정상적인 수확을 기대할 수 없었다.

내가 군에 입대한 후에도 어머니와 누나, 동생이 한 고생은 말로 표현할 수 없었다. 한 많은 세상을 살다 간 어머니께 다시 한번 감사 인사드리며 어려움을 묵묵히 참아준 누나, 동생에게 미안한 마음과 고마운 마음이 늘 들었다.

중학교 시절은 공부하느라 심부름 정도의 보조 역할을 했지만, 고등학교 시절은 집안일을 내가 주도적으로 해야 했다. 내가 주로 해야 할 일은 인분 퍼서 밭에 뿌리거나, 퇴비를 부식시키기 위해 전체를 뒤집거나, 모내기 전 논 갈아엎기, 논두렁 만들기, 쟁기질과 쓰레질하기, 농작물 운반하기, 겨울철 땔감 확보하기 등이었다. 그런 일은 내가 하지 않으면 별도로 일당을 주고 일꾼을 고용해야 했고 어머니나 누나가 할 수 없는 일이었다.

인분을 퍼 나르려면 먼저 통시에 있는 좌대를 들어내고 통시 안의 인분을 휘저어 전체가 고루 섞이게 해야 한다. 똥장군과 지게를 통시 입구에 고정한 후 똥장군의 마개를 열고 자루가 달린 인분 바가지로 가득 채워 마개를 막아야 한다. 지게가 밀리지 않도록 균형을 잡고 똥장군과 지게를 동시에 끌어당겨 작대기를 짚고 조심해서 일어난다. 밭에 도착하면 똥장군을 내려놓고 뒤쪽에서 양손으로 장군을 잡고 당기면서 장군을 밭에 착지시킨다. 똥장군에 있는 인분을 튀지 않도록 바가지에 고랑을 따라 농작물 주변에 고루 뿌린다.

퇴비 뒤집기는 높게 쌓아둔 퇴비를 충분히 발효시키기 위하여 현재의 퇴비 전체를 뒤집는 것이다. 뒤집기 할 때 위쪽 퇴비를 인분을 뿌리면서 아래쪽에서부터 쌓는 작업으로 고강도의 작업이라 여자들이 하기에는 어려운 일이다. 켜켜이 인분을 뿌리고 고루 펴서 공기가 들어가지 않도록 밟아 주어야 한다. 치환 작업 후 6개월이 지나면 완숙된 퇴비가 되어 농작물의 밑거름으로 사용된다.

논에 물을 받은 후 쟁기로 논을 갈고 쓰레질하는 작업은 고도의 기술이 필요한 작업이다. 천수답이라 우기를 놓치면 농사를 포기하는 경우가 많았으며 대부분의 작업을 수작업으로 했다. 당시 경험은 없었지만 일꾼들을 도우면서 배웠는데, 점차 자신감이 생겨 혼자 잘할 수 있게 되었다. 쟁기질은 우선 소를 잘 다루어야 하고 특히 쟁기의 높이를 잘 조절하여 흙이 일정하게 절단되게 해야 했다. 쓰레질은 쟁기질한 흙이 고루 부서져 모심기에 편리하고 논바닥이 평평하여 물관리가 잘되게 해야 한다.

논두렁 만들기는 수작업이라 매우 힘든 일이다. 기존 논두렁을 반쯤 절단하고 다른 흙을 다시 붙여 원상회복시키는 작업이다. 양쪽 다리를 구부리고 삽으로 젖은 흙을 끌어다 논두렁에 붙여야 한다. 이 작업은 논에 담수한 물이 스며나가지 못하게 흙을 골고루 접착시켜야 한다.

내가 해야 하는 이 모든 작업 중에서도 땔감을 마련하는 것이 가장 힘들었다. 당시 땔감에 의한 온돌식이라 일정한 양의 땔감이 겨우내 확보되어야 했다. 어머니, 누나, 동생, 네 식구 중 지게를 지고 나무를 할 사람은 나밖에 없었다. 가정이 어려운

지라 누나는 시간만 나면 뒷산에 가서 낙엽을 긁어모아 단을 만들어 머리에 이고 와서 불쏘시개로 사용하곤 했다. 그 당시는 동네 주변 산에는 낙엽도 없었고 땔감으로 사용할 잡목이 없어 높은 산으로 가야만 땔감을 구할 수 있었다.

깜깜한 새벽에 일어나 밥을 먹고 도시락을 지참하고 2시간 정도 걸어서 6백 미터 높이의 여항산 중턱으로 갔다. 갈대, 관목류 등을 베어 나뭇짐을 만들고 점심으로 허기를 면한 후 나뭇짐을 지고 경사면을 오르내리며 20~30킬로미터를 걸어서 저녁노을과 함께 집에 도착한다. 이 모든 과정 중 짐을 지고 하산할 때가 제일 어렵다. 나뭇짐을 운반하려면 60~70킬로그램의 무게를 두 다리로 지탱할 수 있는 체력과 경험 및 기술이 필요하다. 당시의 경험으로 내가 체득한 기술은 우선, 4시간 이상을 지고 와야 하므로 나뭇짐을 단단하게 쌓고 잘 묶어야 한다.

지게를 질 때는 무게가 뒤쪽으로 실리지 않도록 무게중심을 잘 잡아야 한다. 2시간 동안 도보로 행군을 하다 보면 중간에 쉬기도 하는데 쉬는 공간 선택도 신중해야 했다. 그러지 않으면 쉬는 도중에 지게가 넘어지며 나뭇짐을 다시 만들어야 하기 때문이다.

집에서 여항산까지 어림잡아 약 20~30킬로미터 정도의 길을 무거운 짐을 지고 산비탈을 내려오면, 다리가 눈에 보일 정도로 후덜덜 떨렸다. 마치 테니스 선수들이 경기 끝나고 두 다리를 떠는 것과 같다. 나는 체격도 왜소하고 기술도 부족하여 다른 나무꾼의 도움을 많이 받았다. 처음에는 나뭇단을 잘 쌓지 못해 짐이 두 동강으로 부러지는 낭패를 당한 경험도 있었다.

땔감 마련은 장거리를 도보로 이동해야 하므로 인내심과 체력이 있어야 한다. 몹시 힘들고도 고단한 일이었지만, 내 힘으로 마련한 나뭇짐이 매일 쌓이는 즐거움이 있었기에 더 열심히 할 수 있었다. 또한 나무를 지고 집에 도착하면 어머니가 반겨주었고 동네 어른들의 칭찬으로 피곤함도 잊을 수 있었다.

당시 우리 또래 중 나무를 하지 않아도 되는 친구들이 많았다. 가정형편이 좋거나 아버지가 살아 있는 경우는 땔감을 구하러 높은 산까지 가지 않아도 되었다. 한때 원망도 하였으나 점차 현실을 받아들이게 되었으며 어머니와 가족을 위하여 가장으로서의 책임감을 절감하게 되었다.

당시 부산 중학교 유학에 실패하여 어머니를 도울 수 있었고, 짧은 기간이지만 자식의 도리를 그나마 할 수 있었던 것을 다행스럽게 생각하였다. 어머니도 나와 함께 할 수 있어서 만족스러워하셨다. 나 또한 그때 농사일을 도우면서 경쟁에서 실패한 시련의 시기를 이겨 낼 수 있었다.

3부

군인의 길과 결혼

(1969~1985)

1.
육군 3사관학교 졸업과 소대장 복무

함안농업고등학교를 늦게 졸업하다 보니 졸업 연도에 입영통지서를 받았다.

사실 군입대를 앞두고 두려운 마음도 있고, 또 앞으로 장래 진로를 두고 고민이 깊을 때였다. 그래서 육군 3사관학교 후보생 모집에 응시하기로 했다.

그 당시 장교가 부족하여 천 명 이상의 사관후보생을 모집하고 있었다. 내 기억으로 경쟁률은 그리 높지 않았으나, 가난하여 보릿고개를 넘기 힘든 세대로 대학 진학을 하지 못한 많은 청년들이 지원했다.

1969년에 논산훈련소에서 기본교육을 받고 학교에 입교했는데, 막 생긴 과정이라 다소 혼란이 있기도 했다. 처음에는 학교명을 2사관학교와 3사관학교를 구분하여 명명했다. 동기생 중

광주에서 교육받은 후보생을 2사관학교 1기로, 영천에서 교육받은 후보를 3사관학교 2기로 분류하다가 나중에는 혼란이 예상되어, 2, 3사관학교를 통합하여 3사관학교 2기로 명명하게 되었다.

광주 상무대에서 장교로서 자질을 연마하고 1970년 5월 30일에 육군 소위로 임관되었다.

아버지를 일찍 여의고, 어려운 환경에서 쌓은 여러 경험과 거듭 실패한 진학의 과정이 강도 높은 훈련을 견딜 수 있었던 원동력이 되었다고 생각한다. 나에게 어려운 시기의 시련이 없었

다면 훈련 과정을 극복하지 못하고 낙오자가 될 수도 있었다.

집을 떠나 장교로서 새 출발하게 되어 다행으로 생각하는 한편, 홀로 어려운 농사를 지으며 가계를 잇고 있는 어머니와 누나, 동생의 도움을 생각하면 마음이 편치 못했다. 그 당시 나는 사회생활을 더 열심히 하여 반드시 성공하겠다는 결의를 다짐하곤 했다.

1970년 6월 13일부터 1971년 7월 30일까지 39사단 117연대 2대대 해안경비 소대장으로 발령받았다.

소위 임관 후 첫 발령이었고 또한 소대 지휘관의 책임감 때문에 두려움과 긴장감을 느꼈다. 2대대 해안경비 관할구역은 부산 태종대에서 용호동까지 광범위한 구역이었고, 그중 용호동 경비초소에서 소대장을 했다.

소대원들과 생사고락을 함께한 소대 내무반은 조립식 건물로 열악한 편이었다. 식사도 식자재를 지원받아 소대에서 자체 취사를 했다.

주된 임무는 해안으로 은밀히 침투하는 선박, 간첩 등을 순찰 감시하고, 적을 발견하면 포박 사살하는 임무를 수행하였다. 주요 장비는 제논 써치라이트, 야간투시경, 화염방사기, 조명탄, 크레모아, 기관총, 카빈 소총 등이다. 근무는 주야간으로 나뉘어, 진지에 실탄을 휴대하고 2명 1조로 교대 근무하였다. 낮에는 취침과 화기 손질을 마치고, 침투 흔적을 추적하거나 순찰하고, 밤에는 탐조등을 쏘아 침투자나 선박을 찾아낸다. 정체불명의 배나 물체가 발견되면 확인 절차를 거쳐 대대 상황실에 보고한 후, 즉각 대응한다. 사격과 화력을 집중하여 사살한다.

당시 같은 소대장으로 서승철, 박종욱, 이동기, 백진출, 박출근과 함께 근무했다.

서승철은 ROTC 출신이고 나머지는 3사 2기 동기생이다. 박종욱은 소대장 마치고 불의의 사고로 사망했고, 나머지는 소식이 끊어진 상태다.

당시 소대장들은 외출 외박 외는 영내 생활을 해야 했다. 주간에 순찰하면서 인접 소대장과 만나 술자리를 마련하여 외로움을 달래면서 많은 우정을 쌓았다.

부산 태종대, 용호동, 해운대, 동명목재, 바다 위에 떠 있는 목재들, 멀리 바라보이는 해운대 백사장 등 그때 그 시절이 그립다.

우리의 복무는 3사관학교 후보생이 처음으로 임관되어 현장에 배치되었던 터라, 주위의 기대와 학교의 명예와 직결되어 우리는 책임감을 무겁게 느꼈다. 그래서 소대원의 군기확립과 사기가 진작되어 타 소대의 모범이 되었으며, 선임하사관과 분대장이 소대장의 방침을 잘 따라주어 임무를 무난하게 마칠 수 있었다. 당시 정 중사, 박 하사, 전 하사, 이 하사 등 지금은 연락이 끊어졌으나 항상 고맙게 생각하고 있다. 소대가 독립 취사라 간혹 낮에 해안가에서 작업한 소형 선박에서 얻어온 신선한 해물로 요리하여 소대원들과 자주 회식을 했던 추억이 생생하다. 소주 한잔에 싱싱한 회 몇 점 먹으면 외로움도 잊고 전우애도 높아졌다.

당시 소대원 중 좀 특이한 사람이 있었는데, 화투 놀이에 남을 속이는 기술이 뛰어난 노병이 있었다. 이 병사는 어떻게 하는 것인지는 모르지만, 화투를 손에 쥐고 원하는 패를 자기 것으로 만드는 기술을 가지고 있었다. 믿기지 않아서 고루 섞거나 위치를 조정해 보아도 결국 그의 손아귀에 화투장이 바뀌었다. 사회에서 남을 속이는 화투를 많이 했다고 말했다. 나는 수시로 그 병사로부터 기술을 배워 지인들에게 몇 번 써 보았는데, 서투르게 하다가 발각되어 웃음을 제공하기도 했다.

첫 근무지인 부산의 태종대, 용호동은 이름난 관광지답게 경치가 아름다운 곳이었고, 먹거리도 풍성했다. 그러나 그 무엇보다 군인으로서 내 첫 근무에서 가장 좋았던 것이 40명의 소대원들이었고, 그들과 별다른 불협화음 없이 생활했던 것이 가장 기억에 남는다. 이때의 생활에서 사람들과 어울리고, 조직을 관리하는 방법을 이해하게 된 것, 그리고 군인으로서 국가의 재산과 국민의 생명을 지킨다는 데 자부심을 많이 느꼈다.

2.
대대 참모 시절

1971년 7월 31일부터 1973년 9월 14일까지 39사단 117 연대 2대대 예비군 동원장교와 작전장교에 보직되었다. 당시 대대장은 엄경수 중령으로 갑종 출신이었다.

현역과 예비군으로 혼합 편성되는 후방사단이라 주된 임무는 고성, 통영, 충무, 거제지역의 예비군 자원을 관리하였다. 평상 시 교육훈련을 통하여 유사시 지역방어에 신속히 대처하고, 현 역은 필수요원만으로 편성되고 예비군으로 완전히 편성된다.

예비군 자원을 잘 관리하려면 기초단체장과 경찰관서의 협 조가 필수였다. 그 당시는 군의 권위가 높을 때라 이들 기관들 은 협조적이었고 군에서 요구하는 지원도 신속히 해 주었다. 예비군 편성명부는 지방자치단체나 병무관서에서 관리했는데, 이것이 정확해야 적재적소에 맞는 대대를 편성할 수 있다. 당 시 예비군 편성 명부는 수작업으로 기록했는데 오기가 나오지 않게 최선을 다했다. 그리고 경찰서에서 통신시스템이나 선박 등 보유 장비를 지원하므로 분산 무기고 실태점검 등에 적극적으로 협조를 받아야 했다. 내가 재임하던 기간에 고성, 통영, 충무, 거제 등의 유관기관에서 적극적으로 협조해 주어서 도서 지역예비군 자원관리를 원만히 할 수 있었다. 특히 충무경찰서 경비정 협조로 도서 지역을 순찰하여 분산 무기고 등을 조사하여 시정지시를 하기도 했다.

당시 대대에는 관사가 없어 영외 거주자들은 고성읍에 하숙하며 출퇴근을 했다. 그때 나는 싱글이라 트렁크에 있는 생활용품이 전 재산이었고, 대부분 영내서 생활하였으며, 퇴근하면 잠자고, 다음날 출근하기 바쁜 생활의 연속이었다. 처음에는

장교들과 함께 여관에서 하숙 생활을 했는데 초급장교들에게 정겹고 배려심이 많았다. 5명의 초급장교가 같은 집에 자취하여 외롭지 않았으며, 주인집에서 세탁도 해 주고 식사도 성의 있게 해 주었다. 2차는 단독주택 문간방으로 옮겼는데, 방이 좁아 불편한 점이 있었지만, 초등학교 선생님인 주인 내외의 따뜻한 예우로 편안하게 생활할 수 있었다. 나중에는 남향의 큰 방이 하나 비게 되어, 근무를 마칠 때까지 그 방에서 생활했다. 당시 중대장은 고성지역, 충무, 통영지역, 거제지역에 각 1명씩 이며, 관내 지역에서 가정생활을 했다.

당시 동원장교로서 3개 군 1개 시를 관장하면서 낙도가 많아 자원관리가 어려웠으나 지자체의 도움으로 원만히 임무를 끝낼 수 있었다. 섬 지역을 순찰할 때면 피곤하고 힘들었지만, 싱싱한 회와 매운탕에 반주로 한잔하면 금방 기분이 좋아지고 피로가 풀리곤 했다.

육군 중위 시절에는 업무상 민간인과 자주 만나게 되었는데, 군인이라는 신분에 걸맞지 않은 실수를 할까 걱정이 되었다. 그럼에도 임기 마지막 즈음 고성에서 복무할 때에는 술을 많이 마셔서 실수가 잦아졌다. 이런 나의 실수가 경찰서에 신고되고 정보기관을 통하여 나쁘게 보고된 일도 있었다. 그 일을 계기로 나는 민간인 사이에서 군인이 활동하는 것이 얼마나 어려운지 실감했다. 당시에는 신고한 일반인들이 야속하기도 했지만 지금 생각하면 더 나쁜 실수를 저지르는 것을 막은 계기가 되었으며 그것이 나를 올바른 길로 안내한 나침판 역할을 했다고 생각한다.

3.
중대장, 지역대장

1973년 9월 17일부터 1975년 3월 7일까지 5공수여단에서 중대장을 했다.

특전사 중대 규모는 특수임무를 수행할 수 있도록 12명으로 편성되어 있다.

공수교육, 특수전교육, 전투수영, 산악훈련, 생존훈련 등의 교육과정을 거친 후 적진에 은밀히 침투하여 후방을 교란하고 적의 주요 거점을 파괴하며 요인을 사살하는 등의 임무를 수행한다.

고도의 첨단무기와 통신장비를 갖추어야 하기에 강인한 체력이 있어야 하며 특히 사격술, 특수무기 사용 기술, 악천후 작전술 등의 특수기술에 뛰어나야 한다. 대개 고도의 힘든 훈련을 마치고 나면 심리적으로 적개심에 젖어 있을 때가 많다.

처음에 나는 예정에 없던 공수부대 차출 명령을 받았을 때,

너무 힘들어 전역 신청까지 생각했다. 그런데 부대에 전입하여 생활해 보니 훈련과 임무가 어려운 만큼 동기생들이나 부대원들과의 관계가 유달리 끈끈하고 가깝다는 것을 알게 되었다. 거친 환경과 힘든 훈련 속에서도, 강하면서도 감성 풍부하고 서로 도우려는 부대원들의 마음은 타 공동체보다 뛰어났다. 나 또한 동료들의 도움으로 특수훈련, 공수 훈련, 천리행군, 전투수영, 생존 훈련 등의 강도 높은 훈련을 무사히 마칠 수 있었고, 또 중대장과 지역대장을 무난히 끝낼 수 있었다.

처음에 특전사는 전과자, 깡패들만 근무하는 곳으로 선입견을 가지고 있었는데, 오히려 군인정신이 투철하고 능력이 뛰어난 참군인이 근무하는 곳임을 알게 되었다. 특히 특전사령부, 여단 주요 간부들은 앞으로 군을 끌어나갈 유능한 핵심 인재들이었다.

나의 일반적인 편견이 바뀌었고 더 나아가 그분들이 나에게 베풀어준 배려와 격려에 힘입어 열심히 근무할 수 있는 계기가 되었다.

2년여의 5공수 여단에서 중대장을 지낸 후 1976년 9월 13일부터 1977년 12월 10일까지는 3공수에서 지역대장을 했다.

2차 중대장으로서 4개 중대의 지휘관이며 인원은 보병부대

소대 규모였다.

경량화된 특수임무 위주의 편성이라 훈련도 각자의 생존 기술이며 한 사람만 낙오해도 임무 수행이 불가한 고도의 팀워크가 필요했다. 지역대 간의 전투력 측정은 경쟁력이 강했고, 우수부대로 선정되면 승진도 할 수 있는 데다 차기 보직도 보장되기도 했다. 그 당시 12대대장은 노무현 정부 시절 청와대 요직에 근무했던 권진호 중령이었다. 육사 졸업 후 유학하여 영어에 능통했고 지장으로서 평가받는 훌륭한 인재였다. 그때 나는 7지역대장으로서 기강 확립과 강한 훈련으로 타 지역대보다 우수하다는 평가를 받았다. 지역대장은 최석우, 김인호, 박병승 대위였으며 훌륭한 분들이었다. 그 당시 지역대장이 나보다 선임자였으나 나는 전투력 측정에서 3사 출신의 명예를 걸고 반드시 우승하겠다는 강한 의지를 가졌고 이에 3사 후배들의 많은 도움을 받았다.

지역대장으로 근무하던 중 내가 소지하고 있던 권총이 분실되는 사고가 있었다. 일주일 동안 찾았으나 발견할 수 없어 중징계가 불가피한 시점에 대대 공동 화장실에 권총을 버렸다는 제보가 있었다. 대대장 지시에 따라, 주야로 화장실 인분을 제거하고 물청소를 하여 분실되었던 권총을 가까스로 찾을 수 있었다.

만약 제보가 없었다면, 나는 지역대장에서 해임되고 중징계를 받아 전역하는 등의 불이익 처분이 예상되는 중대한 사건이었다. 당시 지역대 간의 경쟁이 심했는데, 특히 내가 맡은 7 지역대가 우수한 평가를 받는 것에 앙심을 품은 타 지역대 장교가 저지른 총기 분실 사고였다.

　이 사건은 각 대대 발전을 위한 선의의 경쟁 보다는 개인의 지나친 욕심과 무리한 경쟁의식이 불러온 사고로 이를 통해 나를 되돌아보는 계기가 되었다.

4.
여단 군수처 보좌관

1977년 12월부터 1979년 4월까지 3공수여단 군수 보좌
관을 역임했다.

대대 지역대장을 마치고 공로를 인정받아 승진코스인 여단
군수처 보좌관에 보직되었다.

당시 군수참모인 우정박 중령이 추천하였으며, 군수처 보좌
관은 군수 행정 처리와 군수참모 업무를 보좌하는 역할을 하며
군수처 내부 업무를 관리하는 역할을 했다.

군수처 보좌관직을 수행하면서 소령 승진을 했으며 1978년 1
월 22일 지금의 아내와 결혼을 하였다.

군수처는 민득기 상사, 양기종 대위, 유계언 대위, 이병헌 대
위 등이 있었는데, 보좌관인 나를 많이 도와주었으며 근면하고
성실한 사람들로 구성되었다. 나보다 선임도 있었으나 분야별
로 열심히 해 상관으로부터 칭찬받고 공로를 인정받았다. 군수

처 보좌관으로 일일 업무보고, 회의록 작성 및 주관, 직원의 근
태관리, 주요 민원처리, 대대 건의사항 처리, 참모부별 업무협
조 등 주요한 업무를 처리하고 군수참모를 대신하여 여단장 보
고에도 참여했다.

　군수처 보좌관 재직 시 특전사에서 하는 팀스프리트 합동훈
련 참가, 김장저장소 설치 등 월동준비, 시설보수 및 증축, 차량
정비 및 수리부속 확보, 난방시설 점검 및 연료확보, 장병식사
관리 등 상시 가동상태로 유지하려고 노력하였다.

　여단 사우나실을 지어서, 장교들 운동 후 목욕과 운동시설 보
수 및 증축으로 체력단련 등 편의를 제공했으며 통합막사를 설

계에서 준공까지 점검하고 변경하는 등 철저한 관리 감독을 하여 준공 후에도 하자발생을 줄이는 것에 최선을 다했다.

재직기간에 평일에도 출근하는 경우가 많아서, 가정보다 군에 충성한다는 비아냥을 듣기도 했다. 군수처 보좌관직은 김근무 소령으로부터 물려받아 승진 후 후배인 여종기에게 인계하고 15대대 부대대장으로 자리를 옮겼다.

5.

잊지 못할 역사의 현장

1979년 4월 9일부터 1980년 4월 1일까지 3공수여단 15대대 부대대장이 되어 직무를 수행했다. 여단 군수 보좌관을 역임하고 소령 승진 후에 육군대학 입교 준비를 위하여 한직으로 보직을 옮겼다.

육군대학은 승진 등 상위급의 직무를 수행하려면 반드시 거치는 교육과정이었고, 이 시험에 합격해야 입교할 수 있었다. 소령이 되면 사전 시험 준비를 해야 합격할 수 있었으며 육군대학 과정을 이수하지 못하면 중령 승진에 제한을 받았다. 그런데 당시 대대가 콘셋 막사에서 신축 통합막사로 이사하던 시기였는데 거기에 중요한 업무를 맡았다. 대대장은 박종규 중령이었는데, 육사 25기로 나보다 임관이 빠르다. 군수처 보좌관으로서 통합막사를 성공적으로 공사한 나를 그는 적임자라고 판단했던 것 같았다. 인사참모가 대대장 의견을 수렴한 결과 좋은 평가를 받아 발탁되었으며, 평소 성실하고 열심히 하는 모습이 마음에 들었다고 한다. 무사히 통합막사로 이전 준비를 마무리하고 이사한 후 돼지머리 등 제사상을 거나하게 차려 간부들이 모여 기원제를 올린 기억이 생생하다.

이래저래 무척 분주하고 또 책임도 따르는 중요한 시기였다.

통합막사 이전이 무사히 끝난 후 화기애애한 내무생활과 연중 계획에 따라 교육 훈련을 순조롭게 추진하던 중 갑자기 12.12 사태가 발발되었다.

공수여단 대대는 대대장, 부대대장, 4개 지역대장으로, 지역대는 4개 중대장, 중대는 12명으로 편성되어 있다. 유사시 적 후방에 침투하여 후방을 교란하는 임무를 수행할 수 있도록 경량화된 고도의 전략부대이다. 강한 군인정신이 필요하며 극한 상황에서 생존할 수 있는 기술이 있어야 한다.

12월 12일 비상이 발령되어 전 장병이 영내 대기 상태에서 명령을 기다리고 있었다.

해가 질 때쯤 대대장이 여단장실에 다녀온 후 직접 특임 중대를 지휘하여 특전사령관을 체포하기 위하여 출동했다. 출동할 때, 평소 출동 장비에 실탄을 휴대하였다.

특임대대가 사령부에 도착했을 때, 퇴근 후라 유동 병력은 없었으며 특전사령관실 문이 잠겨 있음을 확인하고 문을 열기 위하여 사령관실 방향으로 사격을 하자, 동시에 사령관실 안에서 대응 사격을 하였다고 한다.

특전사령관은 총상을 당했고, 비서실장은 그 자리에서 즉사했다.

그 총격전으로 대대장과 특임 중대장, 중대원 일부가 중상을 입었다고 한다. 총격전이 끝난 후 정병주 특전사령관은 체포되었고 대대장과 총상을 입은 특임 중대원은 병원으로 이송되었다고 한다.

박종규 대대장의 부상으로 부대대장이 부대를 지휘하여 여단 예비대대로서 가장 후미에서 천호대교 방향으로 출동하였다. 천호대교 건너편 사거리가 차량 장애물로 차단되어 청와대 진입에 많은 시간이 걸렸다.

그 당시 나에게 그 특수임무가 주어졌으면 나는 어떻게 했을까, 생각해 보곤 한다. 아마도 같은 상황이 발생했을 것이다. 당시 나는 12. 12 사태가 왜 발생했고 그 정치적 의미에 대하여 알지 못했고 알 수 있는 위치에 있지도 않았다. 그저 명령에 살고 명령에 죽는 군인 신분이라 모든 명령이 국민의 생명과 재산을 지키기 위한 것이라 믿었고 또 출동했다. 한참 뒤에야 사건의 전체 상황에 대해 알게 되었다. 나라의 큰 변고 속에 있었어도 상황 파악하는데 다른 이들보다 빠르거나 주도적인 위치에 있지 않았다.

그 일은 국가적 비극이라 생각하며, 12.12 사태는 그것으로 끝이 아니었다.

6.
여단 군수참모

1980년 4월 2일부터 1982년 7월 13일까지 3공수여단 군수참모 직무를 수행했다.

12.12 사태 이후 전국에 불붙은 시위는 1980년 5월 광주에서 폭발했다. 전국에 계엄령이 선포되어 광주시 시위 진압을 위하여 최세창 여단장과 함께 출동하였다. 주 임무는 보병사단으로부터 부식을 지원받아 출동한 병사들에게 급식을 지원하는 것이었다. 전남대학교에서 야전 취사를 준비했으나 시위대의 방해로 급식 지원이 어려웠다. 그 이후부터 휴대한 전투식량이나 헬기로 공수된 비상식량으로 작전을 수행했다. 따뜻한 식사를 장병들에게 지원하지 못해 죄송스러웠다. 군수참모로서 여단장을 잘 보필할 수 없었고 내가 할 수 있는 활동 영역이 극히 제한되어 마음이 아팠다.

5.18 광주항쟁이 일단락되고 난 뒤, 군수참모 후반기에 장세

동 장군이 여단장으로 부임했다.

지금 생각해 보면 군 생활 중 가장 바쁘고 보람을 느꼈던 시기였다.

장세동 여단장은 부임 후 3공수여단의 낙후된 시설 정비사업을 추진했다. 이때의 추진된 사업으로 여단의 모습이 완전히 변화되었다. 대대 콘셋막사를 통합한 건물로 신축, 대형 종합운동장을 신축, 테니스장 6면 신설, 종합식당 신축, 여단장 관사 신축, 종합체육관 개축 등 대규모 정비계획이 추진되어 여단의 지도가 바뀌었다.

시설물뿐만 아니라 생활환경도 따라 바뀌었다. 콘셋막사가 통합막사로 바뀌면서 병사들의 내무생활 여건이 훨씬 쾌적해졌고, 대연병장 신설, 테니스장 신설, 종합식당 신축 등으로 장병의 서비스 질이 개선되었다. 또한 군인 가족의 여가선용 기회를 제공할 수 있는 여건이 조성되는 등 3공수여단의 환경 여건이 완전히 변화되었다.

이 모든 일들이 당시 장세동 여단장이 아니었다면 불가능했을 것이다. 또한 군수처 직원들의 헌신적인 노력이 없었다면 1년 이내에 그렇게 방대한 목표를 달성할 수 없었다고 생각한다.

여단장이 업무추진에 지장이 없도록 100% 지원을 해 주었고, 군수처 직원들의 사기를 진작시켜 준 덕분에 나 또한 어려운 임무를 즐겁게 완수할 수 있었다.

그 당시 군수참모로서 나는 자신감이 충만했으며 여단장이 지시한 업무를 완성하기 위하여 가정과 건강을 생각하지 않고, 오로지 목표 달성에만 치중했었다. 군수처는 여종기, 양기종, 유계언, 최광철, 민덕기, 선충근, 이기수 등이 묵묵하게 도와준 덕분에 목표를 무난히 달성할 수 있었으며 군수참모로 추천해 준 김근무 전 군수참모에게 항상 고맙게 생각한다. 김자진, 고 권오선, 김재진, 김재수, 김정율, 윤영기, 고 허의석, 황학상 등 동기생들의 조언과 배려도 많은 도움이 되었다. 그리고 내가 군수 보좌관 재직 시절 군수참모였던 우정박 중령의 조언과 도움도 고맙게 생각하고 있다.

그렇게 정신없이 업무에 열중하다 보니, 오히려 진급과 승진 등 개인 발전 준비에 소홀했던 측면이 있었다. 또한 개인의 능력 부족으로 당시 준비 중이던 육군대학 입학시험에 낙방했다. 뿐만 아니라 가정을 막 꾸린 가장으로서 가정에도 소홀했었다. 그 결과 군 생활을 끝내는 계기가 되었으며 그때 서운했던 가족들로부터 한동안 지난날의 책임을 추궁받곤 한다.

인생을 살아가면서 성공의 기회가 반드시 주어진다고 했는데, 나는 그 기회를 잡지 못했다. 또한 나는 남들이 이해하기 힘들 정도로 대인관계를 할 줄 몰랐다. 전역 후에도 중요한 시기에 도움을 준 장세동 여단장과 김진호 참모장을 여러 차례 찾아뵐 생각을 하였으나 용기를 내지 못했으며 차일피일 미루다 보니 이젠 너무 늦었다는 죄스러움을 느끼며 살고 있다.

7.
조금은 늦었지만, 행복한 결혼 생활

3공수여단 군수처 보좌관 시절인 1978년 마산시 대광예식장에서 신부 이미림과 나는 하객들의 축하와 함께 결혼했다. 당시 만 30세로 동료들에 비하여 늦긴 했으나 조급한 생각은 없었다. 마음에 드는 상대가 생기면 언제든지 결혼할 수 있다는 자신감이 있었다. 단지 상대가 건강하고 건전한 가정에서 성장한 지혜로운 여성이면 좋겠다고 생각하고 있었다. 그러나 결혼 상대로 선호도가 낮은 직업인 군인인데다 군 생활에 열중하느라 여성과의 접촉 기회가 적어 자연 인연을 만나지 못하고 있었다. 덕분에 결혼한 동기생 집에서 밥과 술도 자주 얻어먹고 많이 괴롭혔던 기억이 생생하다. 지금 생각하면 미안한 일이다.

지금의 아내는 동기생 윤상갑의 소개로 만났다. 의령 출신 윤상갑은 3사관학교 동기로 같은 내무반에서 만난 이후 졸업까지 생사고락을 같이했다. 같은 고향이라 동질성이 있어 그의 가족들과도 자주 만나곤 했다. 윤상갑에게 정판석이라는 매형이 있었는데, 그의 매형은 초등학교 교사로 있다가 퇴직하고 옛날 마산 중앙극장 옆에서 영창피아노 대리점 사업을 하고 있었다. 사업은 번창하였고 주변에 지인들이 많았다. 휴가 때면 나는 윤상갑과 자주 만났고 그의 매형도 나에 대하여 잘 알고 있었다. 매형 정판석이 창원 상남초등학교 교사로 재직하고 있을 때 아내 이미림은 그의 반 학생이었다. 그의 기억에 아내는 착실한 제자였고, 그 때문에 나에게 만남을 적극적으로 권하였다.

마침 평소 음악을 좋아하던 아내 이미림이 선물 준비를 위하여 영창피아노사를 들렀을 때, 나를 소개했다고 한다. 이미림은 당시 마산대학교(당시 마산 간호전문대학) 졸업 후 마산 파티마병원에서 간호사로 근무하고 있었다.

아내의 집안은 함경도 지주 집안이었으나 6.25 전쟁 당시 남한으로 피난을 왔다. 자식들이 모두 박식하고 능력이 뛰어나 사회에서 이바지한 명문가였다.

아내를 소개받고 서신 왕래와 몇 차례의 만남을 가지고 난 이후 마침내 아내에게서 결혼 약속을 받을 수 있었다. 주변에서 반대의견도 있었으나 부모의 승낙으로 결혼하게 되었다.

아내 이미림은 학교와 직장밖에 모르던 청순하고 순수한 여성이었다. 당시 집안도 좋고 예쁘고 성실한 수간호사라 나에게 버거운 상대였으나 어렵게 승낙을 받아내어 인생의 반려자가 되었다. 하고많은 사람 중에 맺어진 인연을 지금도 감사하고 또 소중하게 생각한다.

  당시 나는 육군 소령 예정자였으며 군인이라 주거지가 제공되어서 생활에 큰 불편은 없었으나 한정된 지역에서 거주해야 하고 자주 이사를 해야 하는 어려움이 있었다. 그리고 정규 육군사관학교 출신이 아니라 승진과 직장보장이 어려워서 가족들이 불안하게 생각했다.

결혼하고 신혼생활은 마천동 전셋집에서 시작했지만, 곧 비호아파트(군인아파트)로 옮겨 입주하였는데 그곳에서 아들 정현이 정훈이를 낳아 키웠다.

1982년 2군단 예하 특공연대에 보직되어 오음리에서 관사 생활을 하였다.

결혼 초기인데, 아내에게 불편한 시골 관사에서 자식을 키우게 해서 미안했다. 두 아들 6살 정현이와 3살 정훈이가 아직 어린데다 생활이 불편한 시골 생활을 아내가 잘 참아주었다.

오음리는 과거 월남파병 시절 교육대였으며, 그때 만들어진 비포장 절벽 길은 아슬아슬한 위험을 감수해야 했다.

해마다 고향에 홀로 계시는 어머니의 제사 준비를 돕기 위하여 아내는 혼자 두 아들을 데리고 경상남도 함안군까지 다녀오느라 많은 어려움도 감수했다. 그 후 2군단 정보처로 전보되어 춘천시 소재 쌍용아파트로 이사하였으며 정현이는 1984년 4월까지 상천초등학교에서 1학년 과정을 마쳤다.

군에서 전역하고 난 이후에는 그동안 관사생활을 하며 모은 돈으로 마련해놓은 서울 상계동 단독주택으로 이사하여 비로소 자유로운 가정생활을 할 수 있었다. 상계동에 집을 소유한 배경은 사촌 누나에게 집 구입과 관리를 부탁할 수 있었기 때문이었다. 그때 우리 소유의 그 집은 여름 초입이면 담장에 장미가 흐드러지게 피어 통행인의 눈길을 사로잡았고, 오랜만에 개를 키워 가족들을 반기는 등 행복한 나날을 보냈다. 당시 정현이는 계상초등학교 다녔으며 시간이 나면 4촌 누나 댁에 들러 자주 식사를 하는 등 신세를 많이 졌다.

서울시설관리공단에 취업하고 난 뒤인 1978년에 상계동 단독주택을 처분하고 도봉구 방학동 신동아 아파트를 구입하였다. 정현이 정훈이는 여기서 선덕중 고등학교를 졸업했다. 신동아아파트는 복도식이고 서울에 가장 외곽지역으로 재테크 대상지로는 적합하지 못했다. 당시 재테크에 관심이 있었다면 강남에 투자할 수 있었는데, 가끔 후회되기도 했다. 그 후 정현이가 고등학교를 졸업하고 육군에 입대 후 1999년이 되었을 때 경기도 남양주시 화도읍 경향아파트로 이사했다. 당시 시골에 계시는 어머니를 모시기 위하여 넓은 면적의 아파트가 필요했기 때문이었다. 어머니 사망한 후 1999년 4월 남양주시 도농동 부영아파트로 이사하여 22년간 살았다. 이곳에서 정현이 정훈이가 군 생활과 대학 공부를 마치고 사회생활을 시작하는 터전이었다.

아내 이미림은 나와 결혼하여 내가 사회생활 하는 데 전력을 다하여 조력하였다. 내가 하는 일에 대하여 간섭하기보다는 묵묵히 지원하였으며, 부족한 남편의 수입을 보충하느라 여러 차례 병원에 취업하여 간호사로서 아내로서 어머니로서 3역을 담당하기도 했다. 지금도 아내는 자식과 남편을 먼저 생각하는 한결같은 마음을 갖고 있다. 오랫동안 오직 가족만 생각하고 자기 삶이 없었던 아내에게 미안하고 또 고마울 뿐이다.

8.

군대 밖의 세상에서 배움으로 버티다

육군대학 진학 시험에서 낙방한 후 나는 군대 생활 계속 여부를 결정해야 했다. 물론 육군대학이라는 정규과정이 아닌 참모 과정을 이수하고 중령 승진 후 참모직을 선택할 수도 있었다. 그러나 장기적인 전망이 없는 한정된 생활보다는 사회에서 자유로운 생활을 해 보고 싶기도 했다. 진로에 대해 참모장 등 주위 사람들의 의견을 듣고, 가족 및 친족에게도 알린 후 13년의 군생활을 접기로 최종결정했다. 만감이 교차되고, 가족들을 볼 면목이 없었으며 하늘이 무너지는 아픔을 오랫동안 경험했다.

그동안 군수업무 경험을 되살려 군 발전에 노력해 보고 싶었으나 그 뜻을 이루지 못했다. 능력을 인정받는 등 좋은 환경이 조성되었으나 결국 내가 기회를 만들지 못해 무척 마음이 아팠다.

나는 모든 것을 접고 군인으로서 마지막으로 최전방에서 근무하겠다고 자원했다.

1982년 10월 2군단 예하 특공연대 3대대 부대대장과 연대 군수주임으로 보직 받아 1년간 근무했다.

그동안 소홀했던 가족들과 함께 시간을 보내려고 노력하면서 연대 참모들과 함께 관사에서 살았다. 모처럼 정시에 퇴근하고 아이들과 함께하니 가족들이 좋아했고, 두 아들은 시골의 자연과 함께 행복해 보였다.

옛날 월남파병 훈련소 오음리에서 사이좋게 생활했던 동기생들인 지학근(대대장), 고 김재화, 안만수 등이 주로 부대대장과 대대장직을 수행했다. 그들 또한 대부분 나와 비슷하게 사회로 나갈 것을 계획하면서 마지막 군 생활을 하고 있었다. 지금은 모두 어디서 무엇을 하고 있는지, 가족들은 잘 지내고 있는지 무척 궁금하다.

1년간의 특공연대 근무를 마치고, 다음 해 1983년 12월 2군단 정보처 탐지 장교로 보직되었다. 군단에 이런 직위가 있는지도 잘 모르는 한가한 보직이다.

여기서도 정시 출퇴근하며 군단 쌍용아파트에서 살았다. 내가 군 생활에만 몰두하던 시절보다 일상을 함께 하며 안정적인 생활을 할 수 있었고 또 가족의 끈끈한 유대감을 느낄 수 있었다.

특히 두 아들 정현이 정훈이와 간식 먹으며 놀다 소양강 하구를 산책하던 그 시간이 내게 즐거운 추억으로 남아 있다. 아내 또한 내가 일정한 출퇴근 시간에 맞춰 자식들과 같이 놀아주는 등 가정생활에 충실했던 그 시간을 좋아했다. 또 쌍용아파트에서 같이 거주하며 생활하던 군인 가족들과도 두터운 친분을 쌓으며 지냈다. 비록 군인으로서의 마지막 생활이고 장래가 불투명하여 불안한 상태였지만, 겉으로 드러내지 않고 믿으며 참아주는 아내가 가상하고 고마웠다. 낙천적이고 밝은 성격의 아내는 간호사로서 전문적 기술이 있으면서도 한편으로는 악기연주도 좋아했다.

마지막 군 생활을 하면서, 미래를 위해 나는 스스로 공부를 해야겠다고 생각을 했다.

나는 함안농업고등학교를 졸업하고 육군 3사관학교에 입교하면서 군 생활을 시작하였는데, 3사관학교는 아카데미 과정이 아니어서 평생직장으로 보장받기 어려워 항상 노후를 대비해야 했다. 그래서 1983년 초급장교 시절에 동료와 함께 방송통신대학교에 입학하여 학업을 시작하였지만, 병행하기 힘들어 휴학했다. 그 뒤 군 생활을 접을 것을 결심하고, 군 마지막 보직인 2군단에 근무할 때 다시 복학하였다.

당시 사회진출을 위하여 행정학과에 재등록하여 2년 수학 중 서울시설관리공단에 입사하면서 다시 휴학했다.

한동안 서울시설관리공단 근무에 적응하고 집중하느라 쉬다가 후반기부터 다시 재수강하여, 등록한 지 16년 정도 지난 이후 2001년 2월 한국방송통신대학교 행정학과를 졸업하였다. 당시 50세 나이에 과목별 학점을 취득하려고 고생을 많이 했다. 교수들과 젊은 동급생들의 도움도 받아야 했다. 수학하면서 F 학점을 받았을 때 과정을 여러 차례 포기하려는 생각도 했으나 노후를 위하여 반드시 거쳐야 할 필수과정이라 포기할 수 없었다.

평상시 온라인이나 예습교재로 공부하고 방학 기간에 출석수업이 있어 가족의 도움과 배려가 없으면 어려웠다. 공부하느라 가족들과 시간을 갖지 못했으며 잠자는 시간을 최소화하여 회사업무에 지장이 없도록 했다. 지인들은 현재 생활에 만족하며 즐겁게 살기를 권유했으나 끝까지 최선을 다했다.

결국 군 생활에서 시작한 학업을 서울시설관리공단 정년을 앞두고 가까스로 졸업하게 되었다. 장년기에 퇴직하여 일자리를 구하려면 대학의 졸업장이 있어야 하며 전직의 근무 경력을 인정받으려면 학위가 중요한 역할을 한다. 그리고 대학원 진학에도, 사회적인 활동에도 필요하다.

막상 직업 현장에서는 공식적으로 인정하지 않지만, 학벌이 사람의 가치를 평가하는 기준이 되었으며 등급의 차별화가 관

행이 되어왔다. 과거 가정환경이 좋지 않아 부득이 대학을 졸업하지 못한 인재들도 많은 서러움을 인내하며 살아왔다.

방송통신대 행정학과 졸업 후, 늦게라도 어렵게 학사학위를 이수했으니 새로운 꿈을 실천해 보고 싶었다. 당시 자식들이 고등학생인데, 남편이 공부에 미쳐 있으니 인내하고 남편의 공부에 협조해 준 아내에게 감사함과 고마운 마음을 느낀다. 특히 아내는 아이들을 키우면서도 경제적 어려움을 탈피하기 위하여 간호사로 다시 취업했다. 자식, 가업, 사회활동의 삼중고를 겪어야 했지만, 남편의 의지를 수용하면서도 굳건히 가정을 지켜왔다.

4부

공부하고 일하고

(1985~2004)

1.
서울시설관리공단 입사

1985년 4월 30일, 육군 2군단 정보처를 마지막으로 군대에서 전역했다.

상계동 단독주택으로 옮기고, 8개월 동안 백수로 가족들과 생활하면서 늘 마음이 편치 못했다. 주위의 친구나 친족들이 나의 미래를 걱정해 주었다.

40대라는 나이는, 사회에서도 변변한 직장 갖기도 어려운 나이인데, 직장에서 쌓은 이력이나 기술도 없는 군인 출신이 새 직장을 구하기가 쉽지 않았다. 자식들이 성장하여 학교에 진학도 해야 하는데 가장이 직업을 잃었으니 눈앞이 캄캄했다.

친척을 방문하면 마음이 편치 못했고 걱정하는 소리를 들으면 자존심이 상하여 친구, 친척과 만남을 피하는 경우가 있었다. 특히나 가족들에게는 걱정하지 말라고 당부하면서도, 당당한 가장의 모습이 아닌 의기소침한 내 모습을 보고 가족들의 사기가 떨어지지는 않을까 걱정이 되었다. 일찍이 가장의 든든한 배경이 없는 가족들이 얼마나 기가 죽는지 잘 알고 있었기 때문이다.

그러던 차에 3공수 재직 시절 군수참모로서 나의 직무성과를 높이 평가한 장세동 여단장은 전역 후 내 직장 문제에 대하여 걱정하고 있음을 김진호 참모장을 통해 전해 주었다.

얼마 지나지 않아서 서울시설관리공단에 어린이대공원 관리가 이관되니 응시원서를 제출하라는 권유를 했다. 군에서 군수관리에 경험이 많았고 특히 시설관리에 전문성이 있었기 때문에 나는 자신감을 가지고 응시했고, 시설관리공단 공원관리과장에 채용되었다.

서울시설관리공단은 1983년 서울시 시설관리공단 설치조례에 의거 설립되었다.

그 당시 상위직은 대부분 특채로 선발되는 경향이 많았으며, 초대 이사장이 군 장성 출신이라 군 출신과 서울시청과 각 산하기관 계열에서 부장, 과장으로 특별채용되었다. 그 후 이사장과 이사는 경찰, 서울시 공무원 출신으로 이어지다가 2000년대 이후에는 정치인으로 이어지기도 했다.

내가 입사할 당시 어린이대공원의 경우 서울시에서 공무원이 그동안 직영 관리하였으나 수지타산이 맞지 않아 투자기관 인 서울시설관리공단에 관리위탁을 결정하고 관리 인원을 선 발하던 시기였다. 그에 따라서 과장 3명을 뽑았는데, 그중 2명 은 행정직이고, 1명은 기술직이었다.

여기에 응시, 합격하여 나는 공단본부에서 어린이 대 공원을 통제하는 공원 과장에 전보되었다.

1986년 1월 1일부터 출근했다.

새롭게 인수하는 사업이라 과거 실적도 없고 전문성도 부족 했을 뿐만 아니라 개인적으로도 군의 체계화된 조직에 익숙한 내가 이윤을 추구하는 기업문화에 적응하려니 생소하고 무척 어려웠다.

서울시설관리공단에 들어와 처음으로 맡은 공원과 업무는, 어린이대공원 업무를 종합하여 이사장께 보고하고 이사장의 지

침을 실행하게 하는 교량적인 역할을 하는 것이었다. 그런데 우리가 특채로 들어갔을 때, 기존의 호봉이 높은 계장들의 반발과 직원들의 불만이 높아 직원들과 오랫동안 소통이 어려웠다.

특히 설립 초창기라 서울시 공무원 출신들과 군 출신들 간의 알력도 심했다. 부장 회의에서는 서로 차별화하고 상대를 하지 않으려는 성향을 보이는 사람도 있었다.

당시 이런 환경의 직장에 적응하느라 속앓이를 많이 하였다. 나는 마음속으로 '사회 경험도 없고 낙하산이란 하위 직원들의 비판에 참고 또 참으면서 그 자리를 지켜야 한다'라고 수없이 스스로 다짐하곤 했다.

나는 1년간 나를 더 낮추고 직원들의 말을 더 많이 들으려 했

으며, 신뢰 관계를 형성하기 위해 노력하였다. 하지만 한편으로는 마음이 아프고 불편한 시간이었다. 마음속으로 눈물도 많이 흘렸고 그만두고 싶을 때도 있었지만 그럴 때마다 가족들의 얼굴이 떠올랐다.

이렇게 심리적인 외톨이가 될 때, 손을 잡아주고, 또 직장 내 부드러운 분위기를 만들어 준 이사장 이재희, 영업부장 정선교 등의 도움이 큰 힘이 되었다. 나는 아직도 마음속으로 이분들의 따뜻한 손길을 잊지 않고 있다.

2.
시설 현장을 뛰는 과장

상가운영 과장

1987년 4월 25일부터 1989년 1월 12일까지, 그리고 약 4년 뒤인 1993년 1월 18일부터 1993년 7월 20일까지 2번에 걸쳐 상가운영 과장으로 재직했다.

비교적 시 외곽의 독립적이고 업무가 단순한 어린이대공원과 달리 상가 업무는 매우 복잡하고 민원이 많은 곳이었다. 시내 번화가의 상가를 관리하는 일이라 계약을 체결할 때에는 상인들과 분쟁이 매우 심했다.

업무 영역은 광고관리, 상가관리, 부대시설관리로 구분되어 있다.

당시 나는 입사한 경력이 짧고 사원들과의 관계가 돈독하지 않아 조직관리에 어려움이 많았으나 정선교 영업부장의 도움으로 1년간의 상가관리 업무를 원만히 수행할 수 있었다.

당면한 업무는 상가 질서유지, 시설유지보수, 수입금 제고 등이었고, 특히 88올림픽을 대비해 공실 점포 발생을 방지하고, 길에 상품을 쌓아놓고 방치하는 것을 관리하거나, 시민의 민원을 해결하는 등 상가 활성화와 민원 요인을 단속하는 일에 중점을 두었다. 당시 88올림픽을 앞두고 있어서 서울시 차원에서 집중 관리를 하고 있을 때라 상가 시설도 정비할 곳이 많았다.

광고 업무는 지하상가 내에 설치하는 전광판과 LED 옥내광고를 계약하고 관리하는 일이었다. 당시 LED 광고보다 전광판 광고가 선호도가 높았으며 LED 광고는 주로 교차로나 진입로에 규격이 작은 것을 설치했고, 지하보도에는 전광판 광고가 주로 설치되었다. 상가관리 대상은 서울시 관내 공영지하보도 내 설치된 전 상가였고, 관할구역 내에 약 25개 지하상가 구역에 2,788개 점포가 입주해 있었다.

상가 계약은 매년 감정평가를 하여 재계약하거나 신규계약을 한다. 임대료는 감정평가를 하여 서울시 조례에 따라 결정되었고 계약 기간은 매년 재계약이 이루어졌다. 공단 사업 중점주의 불만이 가장 많고 민원이 발생하는 것도 이 부분이며 특히 암암리에 전대가 이루어져 프리미엄이 발생하기도 했다.

부대사업은 휴지, 음료, 커피자판기 등 시민의 위생을 위하여 수시로 관리상태를 점검하고 개선하는 업무를 수행했다. 특히 자판기는 저질의 커피 재료 사용과 위생 상태가 불결하고 벌레가 발생하는 등 관리에 신경을 썼다.

공원운영과장

공원과장의 보직이 끝나고 이어서 1989년 1월 12일부터 1990년 2월 19일까지 어린이대공원 운영과장 보직을 받았다. 인수 때부터 경험이 많은 박익순 계장이 사업계획에 따라 노련하고 차분하게 일을 추진하여 근무를 편하게 할 수 있었다. 박 계장은 서울시 출신으로 행정 능력이 있고 직원들로부터 신뢰를 받고 있었다.

당시 어린이대공원은 시민들이 선호하는 곳이었으며, 서울

에서 최고의 시설을 갖춘 공원이었다. 관리 인원은 80명, 연 예산은 18억, 연 수입은 20억 정도였으며, 면적은 16만 5천 평으로 놀이시설, 동물원, 식물원, 체육시설, 놀이시설, 휴게공간이 종합적으로 설치되어 있었다.

어린이대공원의 자체 행사로는 벚꽃놀이, 야간 개장, 연날리기대회, 비둘기 날리기, 미술대회, 글짓기, 축구대회 등이 자체 계획으로 추진되었다.

어린이대공원 안의 벚꽃은 일자형이 아니라 공원의 도로 산책로를 따라 가로수로 식재되어 공원 전체가 벚꽃화원으로 조성된 것이 특징이다. 특히 어린이대공원의 벚나무는 오래되고, 잘 관리되어 아름답기로 유명하다. 또 벚꽃이 필 때는 야간에도 개장하여 직장인들도 일과 후 자녀들과 함께 휴식할 수 있

게 하였다.

벚꽃 행사와 함께 꽤나 인기 있었던 것으로 비둘기 날리기 행사를 꼽을 수 있다.

당시 정부나 서울시 주관 행사에 비둘기 날리는 행사를 많이 하였다. 그래서 어린이대공원에서는 행사에 대비하기 위하여 평소 비둘기를 사육하고 훈련시키는 일을 하였다. 비둘기는 예쁘고 영리해 보이지만 관리하기가 어렵다. 사육과정에서 피부병이 발생하기도 하고 배설물 때문에 미관을 훼손하고 건물을 부식시키는 등 귀찮은 동물이기도 하다.

그 당시 어린이대공원에서 생육하던 비둘기는 지성의 사육사가 전담했다. 인식표를 부착하고 남산, 유달산으로 운송하여 방사한 결과 남산에서 70~80%, 유달산에서 60~70%의 귀소율을 보였고, 이 결과를 최초로 발표하기도 하였다.

매년 개최되는 어린이 미술대회 참여 인원은 2천여 명이며 당선작은 기관과 단체에 보내져 전시한다. 행사 시 제출된 모든 작품을 종류별로 분류하여 체육관에 옮겨 바닥에 깔아 놓고 심사관을 초빙하여 여러 차례 검증을 거쳐 최종 장려상, 동상, 은상, 금상, 대상을 결정한다. 심사는 기준이 까다롭고 공정하며 참여율이 높았을 뿐 아니라 전국 어린이 누구나 선호하는 대회였다.

어린이대공원이 개설된 이후 용인자연농원, 서울대공원, 드림랜드 등이 개설되었고 어린이대공원시설은 점차 노후화되어 지금은 공원 이용을 무료로 전환하여 서울시민에게 휴식공간을 제공하고 있다.

3년간 관리하면서 시민의 질책과 조언으로 어려움도 있었지만, 많은 경험을 쌓는 계기가 되었다. 어린이대공원을 관리하면서 다양한 기술을 보유한 직원들과 대화를 나누고 또 사육하던 동물들과도 생사고락을 같이했던 즐겁고 유익한 날들이었다.

주차관리 과장

1990년 1월 12일부터 1993년 1월 18일까지 주차관리과장 업무를 수행했다. 이로써 4번째 현장부서에서 근무하게 된다. 지원 부서에 근무하고 싶었는데 여러 가지 조건에 미달 된다고 판단하는 것 같다.

주차관리 범위는 관리원이 총 350명이고 주차장은 180개소 약 10,000,000구획으로 가산금을 포함하여 수입금은 연 약 200억 이상이다. 주차관리 수입은 시설관리공단의 주 수입원이어서 주차장 수입이 줄면 서울시가 예산을 줄이게 되고 구조조정 등의 제재를 받을 수 있었다.

주차장은 서울시 전역에 흩어져 통제가 어렵고 직접 주차료를 현금으로 받으니, 부조리가 발생할 수 있다. 부단한 관리 체계 확립, 관리시스템 개선, 지속적인 감사 활동 등이 이루어져야 한다.

관리 체계는 주차관리과장 예하에 4개 주차관리사무소를 두고 1개소의 정비팀을 두고, 상시 관리하였다.

주차장 시스템 개선을 위하여 선진국을 견학하여, 카드 리드기, 주차 계산기, 자동 관제장치를 도입하고, 주차표를 OCR 카드로 교체하는 등 제도를 정비하였다. 또한 감사 활동을 강화하여 민원 제보, 정보기관 첩보 수집, 불시 점검 등으로 현금거래에 따른 부조리 행위에 대하여 징계처분, 변상 등 처벌을 엄격하게 하였다.

관리 대상이 많아 아침에 출근하여 업무보고를 하고 난 후에는 종일 주차장을 순찰하고 민원 처리하느라 쉴 틈이 없었다. 게다가 업무 종료 후에는 직원들과 한잔하고 나면 숙취 해소가 늦어 고생을 많이 했다.

당시는 차량 보급이 비교적 적었던 시기라 노상주차시설 사용에 문제가 없었으나, 이후 급격히 차량이 증가하여 노상주차장이 오히려 교통 소통에 방해가 될 지경에 이르렀다. 이런 근원적인 교통 문제를 해결하기 위하여 순환도로가 신설되었고, 지하철 노선을 증설했으며, 외곽에 환승주차장과 지하철 역사에 노외주차장을 증설하여 주차 문제를 해소하였다.

서울시 내의 주차 질서유지를 위하여 수도권 외곽에서 진입하는 차량은 외곽 환승주차장에 주차하고 대중교통을 이용하여 도심에 진입하도록 정책 방향이 바뀌게 되었다. 그럼에도 1991~1992년경에는 인건비가 증가하는 등 주차장을 시설관리공단에서 계속 관리하는 것이 비효율적이라 판단되어 일부 노외주차장을 제외하고 노상주차장은 구청으로 이관하였다. 그 후 각 구청에서는 수익성과 관리상 어려움을 이유로 노상주차장은 대부분 없애고 노외주차장은 민간위탁하게 되었다.

노상주차장 관리는 주차기기를 설치하고 노외주차장은 자동관제장치를 설치하여 관리원을 최대한 줄여 비용을 절감하고 서비스의 질을 제고시켜 공단이 계속 관리하는 것이 최선이었는데 이를 아쉽게 생각한다.

노무과장 총무부장

1993년 7월 20일부터 1994년 10월 1일까지 노무과장으로 근무했다.

93년 당시 공단 조합원은 511명이고 조합비 공제액은 월 400만 원이며 근로기준법에 의한 단체행동권, 교섭권, 의결권이 보장되었다.

공단의 단체행동권은 파업 시 시민에 미치는 영향이 미미한 편이어서 지하철공사나 강남병원 같은 곳이 파업했을 때보다 영향이 훨씬 적었다. 그러나 당시 공용주차장 조합원이 308명으로 전체 조합원의 2/3 이상이어서, 파업하면 차량정체로 인한 시민들이 겪는 불편은 컸다. 그럴 때면 주차장 근무를 함께 했던 직원들이 많은 도움을 주었으며 그 결과 서울시 투자기관 중 가장 빨리 임금 단체협상을 마칠 수 있었다.

내가 노무과장으로 근무할 때는 윤○○이라는 사람이 공단 노조위원장을 맡고 있었다. 윤위원장은 다소 다혈질에 돌출 행동을 잘하는 편이었고 협상한 내용을 뒤집는 경우도 있었다. 당시 아직 미혼으로 혼자 생활하면서 어느 정도의 재산도 있고 집안에 금고를 소유하고 있다고 자랑하곤 했는데 정이 많고 착실한 친구였다. 이러한 성정의 노조위원장을 상대하는 입장에서는 논리적이고 까다로운 성격의 소유자보다 오히려 편한 측면이 있었다.

1997년 2월 11일부터 1998년 9월 1일까지 공단 총무부장 업무를 수행했다.

총무부장으로 부임하여 공정한 인사, 공정한 승진, 공정한 업무를 공약하였다. 당시 이사장으로부터 과장 이하 사무직 순환

보직계획을 보고하고, 인사규정에 따라 ① 장기보직자 ② 업무부적격자 ③ 전문경력자 ④ 신체질환자 ⑤ 자격증 등을 고려하여 대대적인 보직 조정을 단행하였다.

보는 사람의 관점에 따라 견해는 다를 수 있으나, 인사는 그 결과에 대체적으로 만족하는 사람이 드물다. 자신이 지원한 부서에서 편안하게 있었다는 고마움보다 무조건 인사를 잘못했다고 불만을 제기하는 직원도 많았다. 이에 개의치 않고 원칙대로 추진한 결과 오히려 잘한 인사란 평가를 받았으며 당시 불평하던 직원도 현장에서 경험을 축적하는 계기가 되었다고 말해오는 사람들도 있었다. 나름 공정하게 한다고 했으나 당시 불이익을 받았던 직원들에게는 죄송했다.

총무부는 공단의 살림을 맡은 부서라 당시 은행에 예치되어 있는 수백억의 공단출자금, 퇴직금 등을 관리하였다. 이 돈은 총무부장이 관리하는데 관행상 이사장, 이사들이 간접적으로 관여를 하였다. 은행의 고위직이 공단 이사와 만나 식사하면서 운영자금을 자기들 은행에 적립할 것을 요청하기도 했다. 이사들의 많은 반대를 무릅쓰고 전 은행의 건전성을 재평가하고 원칙대로 자금을 재배분하였다. 수백억 원의 자금이 동시에 인출된 기존 주거래 은행에서는 항의 전화를 하는 등 오랫동안 시달림을 받았다. 이후 장기적립금에 대한 윗사람들의 로비활동은 근절되었고 차츰 그분들의 자세도 달라졌다. 인정상 이사들의 입장을 세워주고 나도 좋은 평판을 받을 수 있었겠지만 근거가 없는 특혜는 정의롭지 못한 방법이라 받아들일 수 없었다.

3.
주경야독한 중진 시절

교통관리 처장

1998년 9월 1일부터 2001년 4월 18일까지 교통관리 처장으로 근무했다. 현장을 발로 직접 뛰면서 일하던 직급에서 이제는 전체를 보고 방향성을 결정하는 중진의 직무를 담당하게 되었다.

이때 담당했던 업무 중 가장 중요했던 것은 보다 장기적이고 체계적인 교통체계 구축과 1997년 금융위기 이후 1998년 공단 구조조정 문제다.

서울시의 경우 1980년부터 교통 시스템이 체계화되지 않아 교통이 혼잡하고 질서가 확립되지 못했다. 교통질서 확립을 위하여 노상주차장을 확대하고 사용료를 부과하였다. 이는 도심에 차량 진입을 제한하는 정책의 일환이기도 했다. 1단계는 도심 주변에 환승주차장을 설치하여 진입 차량을 줄이고 2단계는 노상주차장과 노외주차장을 설치하여 주차 질서와 혼잡을 방지하고 3단계는 사설 주차장을 확대하여 거주자, 단체, 회사 등의 차량 수요에 대비하였다.

1990년대는 서울시 지하철과 광역버스 노선이 확대되고, 도시재개발로 도로가 넓게 정비되면서 노상주차장이 폐쇄되었고 그 결과 시설관리공단 인력을 대거 감축하게 되었다.

1997년 IMF 여파로 교통관리처의 업무는 모체인 공영 노상주차장이 구청으로 이관되고 노외주차장, 견인 차량 보관 및 반환, 혼잡통행로, 공영차고지, 장애인 콜택시 등의 사업이 증가 되었다. 이에 1998년 7월 서울시 투자기관 경영개선 기본계획 수립을 위한 실무자 회의를 거쳐 6개 투자기관에 대한 경영진단 후 그 결과를 토대로 시정개혁위원회가 구조조정 방안을 결정한다고 통보하였다. 그 후 현 조직에서 부서별 현원의 가동률을 기준으로 적정 인력을 결정하여 정원 1,675명을 1,150명으로 525명 31.3% 감축하라고 지시했다.

당시 사회적 기류로 볼 때 우리가 감당할 수 있는 범위에서 결정되었으나 타 투자기관은 더 심한 구조조정을 해야 했다.

우선 사업별, 직종별, 직급별 세부 감축 내용이 포함된 구조조정 시행안을 마련하고 나이, 근무성적, 상벌 등 요인을 검토하여 인원 감축 기준을 설정하게 되었다. 기획실 검토의견에 의하면 직제 개편 직후 과원은 200명이며 임시직 145명의 계약 해지로 실제 정원 초과 인력은 55명에 해당한다고 판단하였다. 감축 대상은 주로 주차 안내원이었고, 담당 처장으로서 직원이 실직하는 것을 막아야 하는 난관에 봉착했다.

이에 따라 공단의 직제를 분석하여 기술 부서의 부족한 인원을 확인한 후 상응한 자격증을 확보하는 것이 시급하다고 판단하였다. 주무 부서와 협의 국가자격증 시험을 위한 교육학원을 공단에 설치하고 전문가를 초청하여 주입식 실습을 강제하는 등 책임제 교육을 추진한 결과 47명이 국가자격증을 확보하고 기술직 직종으로 전환할 수 있었다. 공단 교육에 참여할 수 없는 경우에는 민간 교육학원 이용도 최대한 권장하여 효과를 제고시켰다.

처장으로서 먼저 기술 부서 전환 희망자 명단을 확정하고 이들의 자격증 확보를 위하여 수시 면담과 매일 교육을 추진한 결과를 확인하고 미흡한 경우 책임을 추궁하는 등 강력한 조치를 했다. 당시 신규 자격증 확보를 위하여 공단의 역량을 총집중하였다. 직장을 잃을 다급한 상황이라 직원들도 통제에 잘 따라 주었고 자존심을 내려놓고 인내하는 의지를 보여 주었다. 이러한 노력의 결과 실직자 없이 전원 구제될 수 있었으며 또한 어려운 구조조정도 서로 힘을 합치면 해결된다는 자신감을 갖게 되었다.

당시 퇴출 위기에 있었던 직원들도 공단이 주도적으로 추진한 노력을 고맙게 생각했다.

상가관리 처장

2004년 2월 1일부터 2005년 2월까지 상가관리 처장으로 근무하였다. 나로서는 두 번째 상가관리 업무를 맡게 되었다.

관리 대상은 2003년 말 27개 지하상가 2,626개 점포로 당시 지하상가가 백화점, 마트, 편의점에 상권을 빼앗기고 있었으며, 공실 점포가 증가하여 입주 상인들의 단체행동이 많았던 시기였다.

상인들은 상인연합회를 구성하여 서울시청에서 집단시위를 여러 차례하고 민원도 제기하였다. 2004년 2월 서울시 부시장과 상가 활성화 방향에 대한 회의를 시작으로 근본 대책을 추진하기로 했다. 공단기획실과 상가관리처가 협의하여 사용료 현실화 추진 방향을 작성하고 임원간담회를 개최한 후 서울시 기획국장 보고와 부시장, 그리고 2004년 4월에서야 상가 계약 추진 방안에 대하여 시장의 최종 결재를 받았다.

감정평가 과정에서 이사장과 서울시 관련자의 개인적인 의견을 수렴하느라 어려움도 많았으나 27개 구역의 지하상가와 2,700여 개의 상가 점포가 관련된 민감한 사안이라 신중하게 업무를 처리하였다. 2004년 6월 이사장의 최종 활성화 계획을 결재받은 후 상가 활성화 운영위원회를 구성하고 외국의 사례를 참고하기 위하여 해외 견학을 추진하였다. 그 후 계획을 보완하여 2004년 10월에 상가 활성화 계획을 마무리하고 시행에 들어갔다.

상가관리 업무는 공단의 사업 중에서도 민원 발생과 상가 점주들의 집단 행위가 가장 많이 발생하며 또한 서울시와 공단의 이미지를 저해할 수 있는 예민한 사업이었다. 당시 당면한 과제는 10년 이상 미루어 오던 점포별 임대료를 재산정하여 현실화하는 것이었고, 더 이상 미룰 수 없었다.

상가 활성화 사업은 감정원의 감정평가를 근거로 2,700개 점포별 임대료를 현실화하는 서울시 차원의 사업이었고, 이는 상가에 입주해 있던 점주들의 반발을 사는 일이었다. 나는 당시 상가관리 처장으로서 무거운 책임감을 느꼈다. 일을 추진할 때, 시행착오도 많았고 직원들의 복지부동 등으로 어려움도 많았으나 투철한 사명감과 책임감으로 책무를 완수할 수 있었다. 점주들과의 다툼과 이 사업을 과소평가하거나 폄훼하는 사람들과의 분쟁도 감수하며 공단의 숙원사업을 완수할 수 있었던 데에는 묵묵히 따르는 직원들의 노력 덕분이다. 이 일은 이후 상가발전에 도움이 되는 계기가 되었다.

책임을 지고 결정하는 자리에 있는 처장으로서, 아무리 어려운 일이라도 꼭 해야 할 일은 실행하려고 애썼다. 복지부동이란 말이 있듯이 관성에 따른 현상 유지가 때로는 가장 조용하고 편할 때가 있다. 그러면 발전이 없다. 불합리하고 불편한 것을 개선하려면 기존의 것을 뒤흔들어야 하므로 일을 계획하고 추진할 때는 여러 관계집단을 조율하고 설득하여야 하고, 또 그에 합당한 책임을 져야 할 때가 많다. 나 또한 주차관리나 상가관리처럼 이권이 걸린 업무에서는 민원과 항의를 받는 일이 많았고, 내 이름이 걸린 항의성 플래카드가 걸릴 때도 있었다. 그러므로 일을 추진하려는 사람은 열정과 용기가 있어야 한다. 무엇인가를 애써 추진하고 효과가 나타날 때 기쁨과 자부심을 느끼기도 했다. 공무원이나 사회의 공익적인 일을 하는 사람들에게는 무엇인가를 시도하고 실행하려는 열정 그 자체만으로도 격려해 주어야 할 일이다.

4.
특별한 경험–장묘사업소 1

도시정비와 묘지 일제 정비

1994년 10월 1일부터 1996년 11월 1일까지 서울시 장묘사업소장으로 보직 받았다.

당시 서울시 장묘사업소는 공단 내에서도 서로 맡지 않으려는 기피 부서였으며, 개발 또한 지연된 분야였다. 게다가 우리나라의 사회 분위기 또한 장사시설은 혐오시설로 인식되어 어느 지역에서도 환영받지 못하고 있었다. 그러나 도시가 비대해짐에 따라 끊임없이 경계를 확장 중이었던 서울시는 택지 개발을 위해 외곽지역을 정비하게 된다.

서울시의 도시정비사업은 역사가 꽤 오래되었다.

6.25를 거치면서 피난민이 서울시 외곽의 묘지나 하천 주변에 움막이나 판잣집을 짓고 살다 보니 도시의 생활환경이나 미관이 심각하게 훼손되었다. 게다가 산업화 이후 도시로 사람들

이 끊임없이 몰려들어 도시가 비대해져 도시 외곽을 확장, 개발할 필요성이 대두되었다. 이에 따라 이미 1960년대부터 서울시의 도시정비사업계획이 추진되었으며, 사람들의 생활터전을 정비하고 확대함에 따라 도시 외곽의 피난민촌이나 여기저기 흩어져 있던 묘지들까지 이전, 정비하였다. 지금의 서울시 외곽은 주로 묘지가 산재했던 곳이며, 도시정비사업은 필연적으로 죽은 자의 공간이 살아 있는 사람들의 공간으로 편입되고 재개발되는 과정을 밟는다. 그런데 외국의 경우 도시 안에 묘지를 두는 경우가 많은데 한국의 경우는 "산소(山所)"라는 말에서 알 수 있듯이 도시 외곽으로 묘지를 밀어내는 경향이 오래전부터 있었다.

이처럼 도시정비를 하면서 장묘시설을 통합하여 끊임없이 타 지역 경계까지 옮기고 있었지만, 확보된 가용 용지 또한 매장 문화가 바뀌지 않는 한 언제 또 바닥날지 알 수 없었다. 서울시 사망자는 연간 12만 명 정도이며 월 100명 이상 사망한다.

1987년부터 또다시 시립묘지 일제 정비사업이 시작되었지만, 사업의 추진 속도는 아주 느리게 진행되고 있었다.

1994년 내가 부임하기 전에 분묘 조사, 묘적부 재작성까지 완료된 상태였다.

묘지 이장은 묘지 실사를 하여 묘적부를 재작성하고, 다음으로는 분묘 이장 사실을 공고하는 것으로 시작한다. 묘지 일제 신고 공고를 하고 정해진 기간 내에 미신고한 분묘를 실사하여 전문업체가 개장한다. 그런데 가족이 이민자거나 고령자일 경우 우편물이나 보도자료를 보지 못하는 경우가 많아 개장은 신중하게 처리해야 한다.

또한 당시 분묘 실사는 산에서 눈대중으로 대충 실시하거나 아예 제외하는 경우도 많았다.

이를 방지하고 기록물로 남기기 위하여 경비행기를 이용하여 묘지 번호를 부여한 지도를 제작하여 누락 방지 대책을 강구했다.

묘지 재개발할 때 끝까지 개장과 이장에 불응하는 분묘관리자도 있었다. 주된 이유가 그 묘지가 소위 명당자리에 있어서 집안에 판검사가 나왔고, 좋은 일만 있었다는 등 이유가 많았다. 이렇게 묘지 이전에 끝내 불응할 경우, 관계법에 따라 개장할 수는 있으나, 분묘기지권을 주장할 경우에는 민사소송의 대상이 될 수 있고, 재개발사업 지연 등 문제가 발생할 수 있어서 그 분묘는 제외하고 재개발을 추진한 사례도 있었다.

당시 분묘 실사에서 누락이나 중첩되지 않도록 조사자의 몸에 비닐 끈을 묶어 이동하면서 경계선을 표시하여 시행착오를 최소화하는 방법을 사용하기도 하였다.

실사 후 분묘마다 표지석을 설치하여 실사 번호를 부여하였다. 표지석은 시멘트로 제작한 20*40*3 크기이며 주로 실사자가 메고 이동하거나 헬기로 운반하는 방법을 사용하였다. 묘적부에 표지석 번호를 옮겨 기록하여 묘지관리에 활용하고 묘지 재개발 기초자료로 활용하였다.

1996년 이후 서울시 정책이 매장에서 화장으로 전환되었다. 또한 공설과 사설 봉안시설을 대폭 늘리려는 노력을 동시에 하게 되었다. 그리고 서울시에서 공설 봉안시설을 추가로 확보하려고 노력하였으나 파주시와 지역주민의 반대로 무산되었다. 화장 후 매장이나 납골시설 확장을 감당할 수 없어 2002년부터는 다시 화장 후 자연장으로 정책이 변경되었다. 용지를 많이 차지하던 매장에서 화장으로 전환하여 다양한 형태의 납골, 봉안할 수 있는 길을 열어 용지난을 어느 정도 덜 수 있었지만, 그것으로도 부족하였다. 더 이상 대량의 안치시설 확보하는 것이 힘들었던 데다 사설 봉안시설이 활성화되려면 도시 안에서도 안치시설이 포용될 수 있는 도시 친화적인 요소를 도입할 필요가 있었다. 따라서 혐오시설이라는 장사시설에 대한 전면적인 인식을 바꾸어야 할 필요성이 대두되었다.

보직 후 나는 외국의 묘지 실태를 벤치마킹하고 국내 우수사례를 중심으로 현장을 여러 번 답사하였고 장사시설이 나아가야 할 방향에 대해 연구하고, 사람들의 인식을 바꾸기 위해 특히 다방면으로 노력하였다.

부족한 시설 확보, 관리시스템 개발, 공중보건 및 위생 등에 중점을 두고 업무를 추진하여 친화적인 시설로 만들어 서울시민에게 최대한 편리하고 유익한 시설로 만들기 위해 노력했다.

서울시립화장장의 변천

유교 사회였던 조선시대에는 매장이 주된 장례 형식이었다. 그러나 집단 전염병 등 재난 상황에서는 화장을 하기도 했다. 따라서 설비를 갖춘 화장장에 대한 기록은 따로 없었지만, 전염병 등 특별한 경우에 대비하여 동네에 화장터가 있었다고 한다.

불교의 전통이 살아 있던 일제강점기인 1901년 일본거류민단의 규모가 늘어 고양군 신당리에 화장로 2기 규모의 재래식 화장장을 설치하였다. 1928년 신당리 화장장을 화장로 2기에서 7기로, 설비개선, 연료를 목재에서 석탄으로 개선하였다. 화장 인원이 증가하자 신당리 주민들이 매연 악취 등을 이유로 화장장 이전을 요구했다.

이에 따라 한성부에서 고양군 은평면 홍제내리에 일본식 특허 화장로 15기를 설치하였으며 1940년 화장로 18기 증축, 석탄에서 중류 겸용으로 교체, 최신설비로 교체하였다.

1970년 고양군 백제읍 대자리에 벽돌조 축로식 화장로 24기 돔형 화장로가 신축되었다. 당시 화장장이 졸속으로 지어졌고 화장로가 재래식이라, 1986년 최신식 일본식 재연소식 무공해 설비, 가스식 원형 화장로 16기, 편의시설이 완비된 백제화장장이 준공되었다. 화장장 2층 사무공간은 유족과 동선이 겹치고, 소음과 진동으로 사무실로서 부적합하여 1997년 12월 사무실을 신축하고 2층 공간은 봉안시설로 리모델링하였다.

1994년 내가 소장으로 부임한 후, 화장 의례 절차 체계화, 화장장 내 편의시설 리모델링, 근무자 편의시설 확충, 금품수수 행위 근절, 유품 소각장 폐지, 화환반입 금지, 영내 주차장 신설, 화장장려 홍보 활동 강화, 화장로 교체, 사무실 준공 및 봉안시설 개축 등의 주요 업무를 추진하였다.

전임 김희산 소장의 많은 업적을 이어받아 낙후된 화장시설을 반드시 세계적인 수준으로 끌어올리겠다는 포부를 갖고 노력했으며 서초동 추모공원 신축과 함께 마침내 세계 최고의 화장장으로 발전하게 되었다.

서울시립 봉안시설

납골 형태의 봉안시설은 처음에 화장한 후의 분골을 화장장 내에 설치된 선반에다 보자기로 싸서 보관하였다. 그 후 1970년 화장장을 신축할 때, 화장장 옆에 최초의 봉안당을 신축하여 관리하다가 지금의 승화원 봉안당을 신축하면서 기존의 봉안당은 철거하고 그 자리에 사무실을 신축하였다.

서울시설관리공단에서 장묘사업소를 인수할 때 30%였던 화장률이 1995년도는 70~80%로 급속히 증가하였다. 나날이 높아지는 화장에 따라 납골 봉안당 수요를 충족시키기 위하여 용미리묘지에 옥외 벽식봉안시설을 설치하였으나 역부족이라 다시 1993년대 용미리 2묘지에 현대식 봉안당을 2만 기 신축하여 공급하였다. 그것도 부족해지자 2000년대 봉안시설 수급 계획에 따라 용미리 2묘지 봉안당에 4만 기를 추가로 설치할 계획을 하였다. 그러나 이 계획은 파주시와 주민들의 반대로 무산되었다. 서울시 공설 봉안시설 공급은 중단되고 서울시민은 경기도 봉안시설이나 사설 봉안시설을 이용하는 불편함을 감수해야 했다.

1994년 내가 부임한 후, 봉안 수요를 충당하기 위하여 첫 번째 설치한 봉안당은 백제화장장 내 승화원이었다.

부임 전에 토목공사는 완료된 상태였으며 실내 봉안단을 설치하는 업무를 추진하였다. 현대식 봉안단 설치는 국내 최초였으며 당시는 봉안단에 대한 전문가가 없었고 일부 업체가 외국의 봉안단 기술을 도입하려는 움직임이 있던 시기였다.

그에 따라 연구논문, 전문업체 분석자료와 우리의 전통 양식을 병행하도록 방침을 정하고 전문가 자문과 토론을 거쳐 봉안단의 덮개를 안방의 전통 장롱 형태로 전통성을 살리도록 하였다. 당시 기술로서는 최고의 작품이라 평가받았으나 뚜껑의 처짐 현상과 토목공사 하자로 벽에 곰팡이가 생기는 등 결로현상이 발생하여 재정비해야 하는 어려움이 있었다.

두 번째 설치는 용미리묘지에 설치한 현대식 왕릉 봉안당이다. 소장 부임 전에 구조물 공사는 완료된 상태였다. 부임 후 설계를 변경하여 외벽을 겹으로 설계하여 결로현상을 방지하였고, 냉난방시설까지 추가 설치하여 겨울에 따뜻하고 여름에 시원한 세계 최고의 봉안당으로 축조하였다.

최신식 특허제품인 황금색 브론즈형의 봉안단에 편의시설과 상징 조형물도 전문가 자문을 받아 우아하게 설치하였다. 왕릉 같은 실내에는 항상 꽃향기가 가득하며 추모 공간이 넓어 유족들이 편리하게 성묘할 수 있는 추모 공간이었다. 당시 봉안시설 중 잘 조성된 진입로와 편리한 위치, 합리적인 가격 등 고급스러운 시설이라 선호도가 가장 높았으며 준공 후 바로 매진되었다.

그런데 관리자의 입장에서 이 현대식 왕릉 봉안당은 우기를 잘 지내는 일이 가장 큰 문제였다. 지름 10~20미터 높이 6~7미터 왕릉을 보전하기 위하여 설계 당시 많은 전문가 자문을 거쳤다. 왕릉의 표면은 철근으로 흙이 쓸려 내리지 않게 사이사이에 찰흙으로 메우고 경량토로 성토한 후 그 위에 잔디를 촘촘하게 이식하여 장시간 다짐을 해 주었다. 그런데도 폭우에 여러 차례 왕릉이 훼손되어 재시공하는 어려움이 있었다. 우기가 되면 전 직원이 모두 나서서 대형 천막으로 왕릉을 덮고, 걷기를 반복하였다. 지금은 잔디가 성장하여 웅장한 왕릉의 자태를 유지하고 있다.

마지막으로 설치한 봉안당은 1995년 용미리묘지에 조성한 옥외 봉안시설이다.

묘지재개발지역의 돌산으로 사용이 불가한 암반 지역에 약 2천 기를 봉안할 수 있는 옥외 봉안묘를 다양한 형태로 설치하였다. 외국시설을 벤치마킹하여 벽식, 담식, 탑식을 전문가 자문을 받아 설치되었으며 견학코스로도 많이 활용되었다. 묘지의 활용도를 높이고, 봉안단은 최신식 봉안 기술로 제작하였으며 남향에 설치되어 곰팡이 등의 피해가 없어 이용률이 높았다.

장묘사업소 재직 중 다양한 문화를 가진 선진국을 다니면서 우리 정서에 부합되는 한국형 봉안시설을 발굴하려고 최대한 노력하였다. 그러나 마지막 봉안시설 4만 기를 신축하지 못한 것을 지금도 아쉽게 생각한다.

서울시립 자연장지

2001년 서울시의 늘어나는 봉안 수요를 충족시키기 위하여 용미리 2묘지에 4만 기 이상의 현대식 봉안당 건립계획을 추진하였으나 지역주민들과 파주시의 반대로 무산되자 정책 방향 변경이 불가피했다.

서울시는 자연장을 활성화하기로 방침을 정하였다.

2000년 이후까지 많은 장사시설 종사자, 대학교수 등 전문가가 외국의 자연장 제도와 현장을 방문하여 실태를 확인하고 자료를 확보하던 시기였다. 이런 해외자료와 전문가 자문을 근거로 용미리 시립묘지에 우리나라 최초로 자연장지를 설치하고 홍보 활동과 견학을 유도하는 등 계도 활동을 꾸준히 하였다.

자연장지로 새로 설치된 추모의 숲은 아름답고 장엄한 헌화대, 신달자 시인의 시비, 편리한 진입로를 구비 하였다. 국화단지, 장미단지, 철쭉단지, 무궁화단지 등 4~5개의 유골안치소를 조성하여 평소 고인이 좋아하던 장소에 뿌린 후 일정 기간이 지나면 뿌려진 유골은 관리자가 수거하여 단지 공간에 뿌려 주거나, 유택 동산에 옮겨 보관한 후 합동으로 땅에 묻었다. 단지 내에는 100년 된 향나무를 상징 수목으로 심고 또 계절 따라 꽃을 볼 수 있도록 여러 조경수도 심었다. 산책로를 만들고 휴식 공간을 마련하여 고인과 공감할 수 있는 환경을 조성하였는데, 이 공간은 남향이라 따뜻하고 전망이 좋아 선호도가 매우 높았다.

"아름다운 추모의 숲" 건립을 위하여 이용훈 계장이 주도적인 역할을 했다.

당시 자연장지 설치가 서울시 정책 방향으로 결정되자, 자연장지 설치가 시급하였다. 서울시가 사전 준비도 없이 정책을 결정했다는 책임을 면하기 위하여 최단기간 내에 설치하도록 재촉했다.

소장으로서 책임이 무거웠으나 급한 사안이라 서울시의 지원 아래 수의계약으로 시행업자를 결정하고, 공기를 최대한 단축하여 자연장지를 준공하였다. 외국의 다양한 사례와 풍부한 자료, 전문가의 의견을 들어 최선을 다했으나 촉박한 기한에 따라 급하게 조성한 측면이 있었고 또 동산에 뿌려진 유골 처리 과정을 개선하지 못한 점이 못내 아쉬움으로 남는다.

5.
성취와 위기-장묘사업소 2

장묘사업소에서 소장으로 지내면서 나는 내 직장생활에서 업무를 통해 가장 큰 보람과 성취감을 느꼈는데, 또 동시에 가장 쓸쓸한 경험과 위기를 겪기도 했다.

한국형 가족 봉안묘 개발

1995년 서울시 5개 시립묘지는 대부분 만장 상태였으며 화장률이 급격히 증가하면서 봉안시설과 자연장 시설 확보가 시급하였다.

봉안시설은 봉안당, 봉안묘, 봉안 벽, 봉안 탑이 있으며 봉안묘 중 가족 봉안묘가 가장 선호도가 높았다.

김치운 이사장은 장사시설 장기 수급계획을 논의하는 과정에서 묘지와 봉안당보다 예산이 절감되는 가족 중심의 한국형 가족묘를 구상하라는 지시를 했다.

담당자와 전문가의 의견을 수렴한 결과 우리나라 묘지와 봉안시설의 전통성과 상징성은 왕릉에 있다고 판단하고 왕릉의 형태로 가족 봉안묘를 설계하여 여러 차례 수정을 거쳤다.

설계 도면과 작성 사유서를 첨부하여 가족 왕릉봉안묘 개발 실용신안 등록을 신청하여 특허청의 특허를 받았다. 시범적으로 1기를 설치하여 시민 의견을 수렴한 결과 ① 봉분과 지표면이 연결되어 잔디가 생육할 수 있게 하고 ② 봉분의 지지석이 돌출되어 빗물이 봉안함에 스며들지 않도록 할 뿐 아니라 ③ 가족묘가 지면보다 높게 설치되어 배수가 잘되게 기능을 보완하였다. 또 봉안함은 6~12기를 봉안할 수 있게 하고 봉안함의 덮개도 열고 닫을 수 있도록 하였다. 원형의 가족묘는 지름이 2.4미터 이하 높이는 0.8미터 원형으로 외부에 0.3미터의 화강석 묘 테가 둘러쳐 있고 이 묘 테에 12개 납골 방이 자리하고 있다. 1기당 공유면적 포함 6평이며 부부합장일 경우 최대 24위의 유골을 안치할 수 있다. 내 후임 장묘사업소장이 용미리 2묘지에 왕릉봉안묘 144기를 설치하여 1997년 8월 공개 공모한 결과 1301명이 응모하여 9대 1의 경쟁률로 당일 분양이 종료되었다. 이런 분양 결과를 홍보하자 여러 지방자치단체나 사설 장사시설 관계자들의 견학 신청이 많았으며 이후 도면과 설치계획을 전국적으로, 무료로 배포하여 한국형 봉안묘를 확대하는 계기가 되었다.

승화원 주차장 신설

벽제화장장은 주차장이 부족하여 늘 민원이 끊이지 않았다. 이에 내가 소장으로 재직하면서 주차장 부지를 물색하였으나 그린벨트 지역을 해제하거나 토지를 매입하여 설치하는 것이 가장 좋은 방법으로 판단했다. 토지 신규 매입은 예산 소요가 많고 화장장과 너무 멀면 효율성이 떨어지는 반면 그린벨트를 해제하려면 고양시 허가를 받아야 하는 어려움이 있으나 전문가의 의견을 수렴하여 승화원 출입로 우측 그린벨트 능선 일부를 해제하여 주차장을 신설하기로 하였다.

설계 도면과 소요 예산, 필요성 등 사업계획을 수립 고양시에 그린벨트 해제신청을 했다. 고양시에서 반대의견을 제시하여 공단과 서울시 차원에서 재건의하여 2001년 5월 고양시로부터 주차장 증설부지 개발제한구역관리계획을 승인받았다. 당시 그린벨트를 해제하는 것은 특별한 목적 외 불가능했으며 환경영향평가, 교통영향평가 등 많은 기간이 소요되었을 뿐 아니라 지역 군 부대장의 승인을 받아야 가능했기 때문이었다.

주차장을 증설해야 한다는 강한 일념으로 자료를 확보하고 보고서를 만들어 여러 차례 중요성을 강조하고 실무협의를 했다. 고양시 부시장 등 실무자의 여러 차례 현장 방문을 거쳐 타당성을 인정받아 2001년 8월 고양시 도시계획심의위원회에서 최종 허가를 받았다.

수의계약으로 시공사를 선정하고 능선을 중장비로 형질을 변경하여 계단식으로 진입로와 주차구획선을 포설하는 등 조기에 공사를 마무리했다.

3개 소단지를 만들고 100대 규모의 주차장과 자동 관제장치를 설치한 현대식 노외주차장 신설로 이용 시민의 편의를 제공하게 되었다.

당시 어려운 과제인 개발제한구역 관리계획을 어떻게 승인받을 수 있었는지 지금 생각해도 정말 대단한 일을 해냈다는 자부심을 가지고 있다. 그때 일을 추진하면서 믿어 주고 지원해 준 고양시 이석우 부시장의 올바른 판단과 시공자인 정종배 사장의 높은 열의에 감사드린다.

용미리묘지 재개발

용미리묘지의 재개발이 추진된 배경은 왕릉 봉안당 공사 중 계획상 문제가 있어 설계변경이 불가피했다.

왕릉 봉안당 운용에 필요한 지하수 용량 부족, 편의시설 부족, 주차 공간 부족 등을 위한 부지가 추가로 필요했다.

따라서 인접 재개발 지역을 왕릉 봉안당 부지로 추가로 활용한다면 잔여지도 동시에 개발하여 자연장지, 평장 묘지, 옥외 봉안담(벽)을 추가 확보하자는 안을 서울시에 제시하여 승인을 받았다.

기존의 용미리묘지는 1960년대 서울시 도시정비사업으로 개장된 유골들로 대부분 무연분묘였다. 그때 도시재개발 당시 일간신문에 분묘 이장에 관한 일제 신고와 공고를 거쳐 유족이 있는 유연 분묘는 이장시키고 무연분묘는 개장하여 봉안당에 안치한 후 공사를 추진하였다.

용미리묘지의 재개발 및 확대 설치는 지역주민의 반발이 무척 심하여 합의 과정에 이르기까지 어려움이 많았다. 그래서 서울시 측에서 지역주민의 편익을 위해 다양한 조건을 약속하였다.

주민들의 전용 봉안시설을 할당하고, 체육시설 설치, 각종 편의시설을 지역주민이 관리하도록 하고 마을에서 묘지까지 도로를 개설한다는 조건 등을 제시하였다.

이러한 배경으로 내 임기 기간에 묘지 재개발 지역에 기존의 왕릉 봉안당과 신규 종합묘지건립을 동시에 추진하게 되었다.

나는 당시 막중한 임무를 수행하기 위하여 독일 미국 등 유럽 선진국을 방문하여 각 나라의 실정에 맞는 묘지 조성 방법을 벤치마킹하고, 장사시설 전문가의 의견을 수렴하여 개발 방향을 제시하였다. 유럽의 묘지 설치 실태를 살펴본 결과 중장비로 흙을 밀어 새로운 단을 조성하지 않고 현지 지형을 살려서 먼저 도로부터 설치한 후, 그다음으로 소 구역 단위로 다양한 형태의 묘지를 조성하는 방식을 취하고 있었다.

따라서 우리나라도 무리한 형질변경보다는 현지 지형을 그대로 살려서 크게 자연을 훼손하지 않고 작업도 쉬운 방향을 잡도록 했다. 이런 방향은 예산을 절감하고 재해 발생도 방지할 수 있어서 여러모로 좋은 방식이었다. 또한 계곡과 능선의 형태를 그대로 보존하므로 자연 배수가 잘되고 묘지에 물이 고이지 않는 장점이 있다. 그리고 형질변경에 의한 획일적인 분묘보다 지형에 따라 다양하게 설치하여 유족의 취사선택권과 다양성을 되살릴 수 있었다.

현대식 종합묘지는 1995년 말 준공되었으며 평장 묘지, 봉안시설, 자연장지가 종합적으로 조성되어 시민들의 선호도가 높았으며 부족한 장사시설을 확보하는 기회가 되었다.

당시 주로 사용하던 토장 묘지나 천편일률적인 계단식 조성묘지에서 최초로 산자와 망자가 동시에 만족할 만한 편리하고 실용적인 묘지를 확보할 수 있었다. 양지바르고, 배수가 양호

하고, 진입로가 편리한 국내 최초의 종합장사시설이다.

부조리 척결과 경찰청 특수수사과 조사

장사시설의 변화는 시설 못지않게 상장례에 관한 의식의 변화도 가져왔다. 그 당시에는 상장례에 관한 여러 부조리한 요소가 곳곳에 많이 남아 있었다.

1994~1996년 장묘사업소장으로 근무하면서 암암리에 진행되던 장의차 기사들의 호객행위, 화장 과정에서 노잣돈 수수행위, 화장장 주변 봉안함 판매업자의 바가지요금 징수, 유품 소각장에서 금품수수, 화환 처리에 대한 금품수수 등에 대한 부조리척결 대책을 대대적으로 실시하였다.

부조리의 배경은 전통장례의식의 발인제, 노제에서 고인의 마지막 가는 길에 노잣돈을 거두던 공동체의 정신이 관습으로 정착되어 왔다. 과거에는 노잣돈이 상여꾼들의 공통경비로 투명하게 사용되었으나 지금은 암암리에 개인이 착복하는 부조리 행위이며 시민의 불편함과 신뢰를 추락시키고 정상적인 운영을 어렵게 만드는 불법행위이다. 예를 들면, 장의차 기사들이 장례식장에 유족을 운송하는 과정에서 화장장 주변 호객행위로 주변에 있는 봉안함 판매업소나 식당을 소개하고 소개비를 받았다. 원가가 10만 원 미만인 봉안함이 60만~70만 원에 판매되었다. 장지에서 유족의 의도와 상관없이 운전기사가 잘 알고 있는 식당으로 알선하는 행위도 계속되었다. 이를 방지하기 위하여 기사와 업체의 교육과 장의차 기사가 화장장 내에 진입하지 못하도록 통제하고, 기사 대기실을 별도로 설치해 주었다. 외부 봉안함 판매업소와 식당은 민간인이라 직접적인 통제가 어려워 의견수렴을 거쳐 화장장 내 봉안함판매소를 설치하여 염가로 질 좋은 봉안함을 공급했다.

이런 일에도 처음에는 항의성 민원이 많았으나 점차 바가지 요금이 근절되었다.

또 다른 예로, 화장하는 과정 특히 유골 수습 과정, 제례단 예식 과정에서 수고비를 전하는 경우가 많았다. 유족들의 의견을 수렴하여 화장장에 금품을 받지 않는다는 게시문을 부착하고, 적발되면 중징계로 처벌하였으며, 화장담당자는 화장시간에 유족의 공간으로 출입을 제한하였다. 직원 스스로 정화 운동을 확산시키면서 유족이 신뢰하는 화장장으로 정착되었다. 또, 유품 소각장에서 고인의 유품을 무단착복하여 근무자가 재사용하거나 환전하는 부조리로 사업소의 이미지를 훼손하는 등 비정상적인 영업행위를 근절하기 위하여 이사장 지시로 유품 소각장을 폐쇄하였다. 평소 유품 외 가정용품까지 반입되어 소각량을 초과하였으며 소각장의 노후화로 환경 저해 요인이 되어왔을 뿐 아니라 지역주민들의 민원 대상이 되어왔었다. 유품뿐만 아니라 화환도 문제였다. 화장장 내 반입되는 화환 중 꽃을 꽂는 받침대는 반납하면 소정의 금액을 반환받을 수 있다. 화장장 환경미화원이 청소 업무와 연관하여 받침대를 반납하고 수수한 돈으로 환경미화원들의 휴식 공간에 필요한 생필품을 마련하였다. 이런 행위도 근무에 지장을 주는 요인으로 판단되어 소장 명령으로 사전에 공지하고 외부에서 화장장으로 화환 반입을 제한하였다. 대신 환경미화원이 쉴 수 있는 공간을 마련해 주고 예산으로 생활용품을 지원하여 고질적인 문제를 해결할 수 있었다. 그 후 많은 민원과 반대가 있었으나 설득과 제도개선으로 화장장 주변에 시설물 정비, 관리 방법 등을 개선하여 깨끗한 화장장으로 탈바꿈하는 환경을 만들었다.

이러한 활약 덕분일까, 나에게는 알게 모르게 적이 많아졌고 오해와 감시도 심해졌다.

그때의 기억에 남는 일로, 경찰청 특수수사과에서 조사를 받은 일이 있었다.

나로서는 전혀 상상도 못 했던 일이라 당시를 생각하면 아직도 진땀이 흐른다. 아무런 안내나 이유도 모르고, 어느 날 갑자기 강제로 경찰청 차에 태워져 특수수사과에 감금되었다. 그 소식이 전해지자 장묘사업소에서는 난리가 났고, 공단에서도 추이를 관망하고 있었다. 오전 11시에 감금되어 오후 8시까지 조사를 받았다.

지금까지 남에게 피해를 주면 밤잠을 설칠 정도로 성실하게 살아왔는데, 아무런 이유도 예고도 없이 감금되고 보니 몹시 당황스러웠고 스스로 모멸감을 느꼈다. 그러나 특별히 두려울 것이 없었기에, 감금된 상태에서도 내색하지 않고 당당하게 대처하니, 조사하는 경찰도 이를 이상하게 여기고 특별하게 생각하는 눈치였다.

그들에게서 들으니, 청와대 민정 사정실 특명으로 감금하여 조사한다고 했다. 이에 나는 청와대에 접수된 정보가 사실이 아닐 수도 있는데 사전 예고도 없이 공직자를 구금 수사할 수 있느냐고 항의했다.

한편으로 공단 본사에서는 장묘사업소 소장의 구금 사실과 범법의 가능성 때문인지 관망하고 있었다. 그런데, 차츰 조사 기간이 길어지자, 공단 본사에서는 오후 8시 이후에 오래 지연되면 공단에 미치는 영향이 있으니 소장에 대한 인사를 건의하는 참모도 있었다고 한다. 공단 차원에서 경찰청에 진위를 확인하는 등 소장의 처지를 대변할 생각보다 처벌을 중요시하니 섭섭한 생각이 들었다.

특수수사과 수사에서 있는 사실대로 대응했고, 나중에는 저녁 식사를 같이하는 등 어느 정도 믿음을 주었는지, 수사를 하고 난 뒤 청와대 해당 부서에 거듭 확인 후 직장 복귀를 허락했다. 경찰청에서는 아직 조사가 끝난 것이 아니니 언행을 조심할 것을 당부했다. 그러나 이는 임시적인 복귀일 뿐이었고 아직 혐의에 대한 의심이 남아 있는 상태에서 내 명예는 짓밟혀져 회복 불능상태가 되었다.

장묘사업소로 복귀하면서 그동안 올바른 일을 한다는 자부심을 느끼며 살았는데, 실추된 명예를 생각하니, 절망감이 밀려와 마음속으로 한없이 눈물을 흘려야 했다. 또한 삶에 대한 허무함과 인간에 대한 비정함을 느꼈다. 공직자들을 사정하던 청와대 민정 사정실에서는 내 은행 계좌에 들어 있는 거액의 돈을 비리에 관련된 것으로 의심하고 있었다. 그 돈은 당시 시골에 계시는 어머니를 수도권으로 모시기 위하여 그동안 군인 신분일 때부터 소유하던 상계동 단독주택매매 대금을 백제 국민은행에 아파트 신규 계약일까지 예치해 둔 것이었다. 어처구니없고 억울한 일이었지만 참아야만 하는 상황이었다. 그렇게 어려울 때도 나를 믿고 경찰청과 접촉하여 상황을 확인해 주고 안심할 수 있도록 도와준 동향인 안병정에게 감사한다. 그분의 노력으로 나는 명예를 회복하고 장묘사업소 업무를 계속할 수 있었다.

5부

배우고 익힌 것을 실행하다
-다양한 사업활동

(2004~2014)

1.
(주)서울장사개발 설립과 운영

2004년 3월 서울시설관리공단 이사장이 김순직으로 바꾸었다.

이분은 서울시에서 잔뼈가 굵었고, 최연소 행정고시에 합격하여 신망이 두터웠으며 변화를 추구하는 구조개혁의 전문가로 명성이 높았다. 그런데 부임 후 공단을 구조 조정하겠다고 선언하면서, 자신도 "3년 임기를 채울 생각은 없다."고 주장했다. 공단 과장급을 중심으로 공단 발전위원회를 발족하고, 서울시 출신 부실장이 주체가 되어 군 출신 등 장기 근무자를 명예퇴직시키고 직급제에서 성과제로 직제규정 개정을 발표했다. 그리고 청사 내부 시설을 리모델링 하여 분위기를 바꾼 후 55세 이상의 부처장급 직원을 대기 발령하는 등 중간 간부급 인사를 단행했다.

명예퇴직에 불응할 경우 한직에 보내 스스로 나가도록 하였다. 결국 일부 부장급은 자존심을 버리고 한직에 발령받아 수모를 당하면서 정년까지 남아 있기도 했다.

그 당시 나는 장묘사업소의 소장을 3년 지내다 상가관리 처장을 맡고 있었는데, 정년 2년 임기를 남겨두고 있었다. 또한, 동국대학교 대학원 과정을 밟으면서 동국대학교, 을지대학교에서 강사로 출강하고 있었다. 1994년에 과장 직급으로 2년간 맡았던 장묘사업소 일은 내 공부 방향에 많은 영향을 미쳐서 장례와 장묘 쪽을 전공하였다.

기획실장으로부터 용미리묘지 분사 요청을 제의받았다.

내용은 100% 위탁관리비로 운용되는 자회사를 설립하여 4년간 용미리묘지를 관리하는 것이었다. 나 개인으로 봐선 묘지관리를 해 본 경험을 살려 분사에 참여하는 것이 최선이라고 판단했다. 공단에서 한직에 있다가 2년 후 정년을 마치는 것보다 소자본으로 회사 대표로 변화를 추구하는 것이 전화위복이 될 수 있다고 생각했다. 그래서 주식회사 설립과 대학원 과정 이수를 동시에 추진하기로 했다.

용미리묘지 위탁관리 계획을 작성하여 기획실장과 논의 후 이사장 승인을 받고 세부 실천 계획을 준비하였다. 구조조정의 대상 직원선발과 위탁관리비 등을 기획실장과 협의하는 과정에서 의견대립이 많았으나 연구용역 결과에 따라 결정하였다.

위탁 기간은 4년, 위탁관리비는 7억, 구조조정 대상 직원 2명을 분사에 참여시키고, 현행 묘지관리 시설 장비를 인수하는 조건으로 위탁계약을 체결하였다.

그에 따라 2005년 3월 27일 이사장이 참석한 가운데 (주)서울장사개발 현판식을 거행했다.

분사의 범위는 용미리 1묘지가 관리대상이며, 4년간 지원예산은 7억을 연도별로 나누어 지급하고 관리사무실과 장비는 기존 사용하던 모든 것을 그대로 인수하도록 하였다.

계약조건에 따라 현 공단 직원을 최대한 참여시키도록 하였으나, 희망자가 없어 박대구, 양강조 2명만이 참여하였다. 외부에서는 시청 근무 경험이 있는 친척 성윤석을 직원으로 채용하고 나머지는 지역주민 중 적임자를 계약직이나 일용직으로 채용하기로 하였다.

자회사 형태의 회사설립이었지만, 장묘시설은 지금까지 관리하던 사업장이고 공단에서 관리비 전액을 지원하는 데다, 기존 모든 시설과 장비를 100% 인수할 수 있는 조건이라 추가 비용이 발생하지 않아 최상의 조건이었다.

그러나 이러한 좋은 조건에도 서울장사개발은 위탁계약 기간이 끝나고 난 뒤 자금난을 이기지 못하고 폐업하였다.

(주)서울장사개발의 사업 범위가 공단 계약조건을 벗어나 전국을 상대로 사세를 확장하는 힘을 키웠다면 오늘의 서울장사개발은 건실한 사업으로 성장해 존립하고 있었을 것이다.

(주)서울장사개발이 제대로 성장하려면 봉안시설 설치, 신설 묘지위탁관리 확대, 자연장 시설 위탁관리 확대, 종교단체 장사시설 위탁관리 확대, 장사시설 관리 연구용역 등 공단의 자금 없이 독립적인 이윤 창출을 할 수 있어야 했다.

친환경 옥수수 봉안함을 개발하고, 2006년 외국기업의 국내 장사시설 사업 투자를 시도하는 등 다양한 자구의 노력을 기울였으나 모두 실패하여 사세를 키울 기회를 상실하였다.

회사설립 시부터 사업에 대한 무경험자들로 구성되었으며, 사업이 망하면 다 죽는다는 위기의식 없이 중장기 계획에 철저히 대비하지 못한 것이 어쩌면 근본적인 원인이 아니었을까 생각한다. 또한 계약기간에 공단 실무자와 유대관계를 소홀하여 재위탁계약을 체결하지 못한 것이 위기의 가장 큰 원인이었다.

2008년 3월 대표인 내가 을지대학교 교수로 임용되어 당시 운영팀장이었던 성윤석에게 회사를 승계해 주었다. 성윤석은 자력으로 회생시켜 보려고 각고의 노력을 하였으나 자금난에

봉착하여 성공하지 못하고 사업을 중단하게 되었다. 아쉬운 점
은 내가 교수로 임용되면 사업에 도움이 될 것이란 기대도 있
었으나, 더 이상 버티지 못했다.

2.
수목장 보급과 생분해성 봉안함을 개발

    (주)서울장사개발을 4년 이상 운영하면서, 장묘, 장례 업계의 많은 사람과 연계하여 다양한 사업을 시도했다.

  2005년 연구용역을 위하여 외국의 수목장 시설을 견학한 것은 당시에는 우리나라에서 최초였다.

  고려대학교 변우혁 교수 외 3명이 스위스, 독일을 방문하여 상세한 자료를 수집하고 한국의 실정에 맞도록 분석하여 연구용역 결과를 보고하였다. 그 결과 반대 여론도 있었으나 산림청 수목장을 설치하는 등 한국의 수목장 발전에 크게 노력하였다.

  당시 독일의 수목장 전문업체를 방문했을 때 합성수지제품의 생분해성 봉안함을 국내에 반입하여 성분을 검사하고 생분해성이 가능한지를 연구하였다.

  공단으로부터 분사한 (주)서울장사개발의 운영팀장인 성윤석이 다년간 연구한 결과 2007년 한국 최초의 생분해성 제품을 개발하였다. 독일의 제품은 투박하고 분해의 속도가 느린 데 반해 서울장사개발의 성윤석이 개발한 제품은 옥수수로 만들어 가볍고 분해 속도가 빠르며, 형태도 다양하여 한국의 전통미를 되살렸다.

당시는 수목장 도입 초기라 자연장지나 수목장이 정착되지 않아 이용률도 적어 생분해성 봉안함의 필요성을 인식하지 못했던 시기였다.

2006년부터 한국의 생분해성 제품생산 전문업체를 찾아 문의한 결과 인천 남동공단 소재 전문업체가 상당한 기술을 확보하고 있었으며 일본보다 앞서 있다고 했었다.

(주)서울장사개발과 합작으로 2차로 새로운 모델을 개발하여 특허청의 실용신안 특허 등을 받아 생분해성 자연장 봉안함 표준화에 성공하였다. 2008년 생분해성 자연장 봉안함 제작에 필요한 흙, 목재, 수지, 펄프, 건초 등 다양한 재료를 사용한 봉안함을 개발하였으며 특히 티베트 등에서 생산되는 건초를 이용한 봉안함, 수의 등도 개발하여 제품화하였다.

(주)서울장사개발은 서울시설관리공단 사업의 일부를 위탁받아 운영하였기 때문에 위탁 기간이 끝나면 독자 생존이 불가피했다. 회사를 인수한 성윤석은 지인의 투자자금으로 회사를 회생시키려고 노력했으나 역부족이었으며 추가 투자자금이 부족

하여 불가피하게 회사를 정리하였다. 그에 따라 오랫동안 개발한 생분해성 봉안함도 빛을 보지 못했으나 환경친화적인 봉안함에 대한 관심을 이끌어내는 등 이 분야에 끼친 영향은 컸다.

3.
사설 화장장 건립 활동과 성과

학계의 연구자이면서, (주)서울장사개발이라는 장사 관련 업체를 운영하고 있다 보니, 이 업종에 대한 일을 하고자 하거나 관심이 있는 단체나 개인이 나를 찾는 경우가 자주 생겨났다.

2012년부터 전문장례식장 협회에서 장례식장 내에 화장장 설치 법제화를 추진하기 위하여 나는 국회의원 보좌관과 협의를 계속하였다. 주로 유재중 국회의원 보좌관과 협의를 2012년에만 3번, 2013년에 5번을 추진했으나, 보건복지부의 반대를 해결하지 못하고 무산되었다.

당시 보건복지부에서 반대한 이유는 장례식장에 화장장을 법제화할 경우 화장장 공급과 관리 운영을 실효적으로 통제하기 어렵고, 화장시설의 무분별한 난립으로 지역주민의 집단반발과 사회적 혼란이 예상되기 때문이라고 하였다. 또 신규로 설치할 예정인 공영 화장장이 완공되면 어느 정도 수급불균형이 해소될 수 있으리라 예측했다. 나는 반박 자료를 준비하여 동료 교수들과 법안 통과를 위해 노력하였으나 성사되지 못했다.

그리고 장례업협회와 전문장례식장 협회가 2013년 장례업협회로 흡수 통합하면서 차기 회장은 전문장례식장 측에서 맡기로 합의하고 곽병두 사장이 차기 회장이 되었다. 그러나 곽 회장이 취임하였으나 곧 내부의 알력으로 중도에 사임하게 되었다.

장례업협회장 곽병두 회장이 보건복지부나 관련 단체를 상대로 주도적인 업무를 추진하지 못해 장례식장 내 간이화장장 설치 법제화는 최종적으로 종결되었다. 파이를 키우려 하지 않고 서로 자기 이익만 챙기려는 욕심 때문에 장사문화 발전을 저해하는 요인이 되었다.

일본교포 김두창 씨가 한국에 화장시설 설치에 대하여 상담하고 싶다고 편지로 연락이 왔다.

그 후 2010년 1월 롯데리아에서 만나 많은 대화를 나누었다.

그는 박정희 대통령 시절에 일본거류민단에서 근무했으며 조국에 마지막으로 화장장을 건립하고 싶다고 했다. 사업 운영 후 나중에는 조국에 기부채납을 하고 싶다고 했다. 자문과 화장장 건립, 관리, 운영을 맡길 전문가를 물색한 결과 나를 선택하였다고 했다. 화장장 건립에 필요한 150억의 투자금이 확보되어 있으니 건립, 관리, 운영을 책임지고 맡아 달라고 요청했다. 전문성과 신뢰성이 보장되지 않을 때 일어날 문제를 예방하기 위하여 사전에 충분히 검토한 흔적을 확인할 수 있었다.

최종 자문 결론으로 수도권 주변에 150억으로는 화장장을 지을 수는 없으며, 한국의 화장장 건립 비용에 대하여 상세한 내용을 추산한 결과 최소한 300억은 있어야 검토할 수 있다고 설명했다.

2011년 2차 김두창 씨를 만났는데 화장장 건립자금을 가족들과 논의하였으나 딸들의 반대로 지연되고 있다고 하면서 기다려 달라고 했다. 그 후 일본의 화장장에 대한 자료를 제공해 주는 등 많은 도움을 주었으나 가족들을 설득하지 못해 사업을 포기하게 되었다.

당시 자본금에 맞는 수도권 외곽지역에 건립을 추진하였다면 가능성도 있었다. 그러나 무리하게 추진하지 않았던 이유는 지방자치단체 화장 능력은 충분한 상태였기에 자칫 과잉설비가 되어 화장장을 건립해도 투자 효과를 기대하기 어려운 실정이었다. 모국을 위해 무엇인가 뜻깊은 일을 해 보겠다는 소망에서 출발했던 김두창 씨의 노력은 끝내 성과를 거두지 못해 아쉽고 미안했다.

4.
다양한 해외 장사사업 투자 활동

법인 (주)대해산업 대표 김삼식 사장과는 인연이 오래되었다.

2001년 내가 장묘사업소장으로 근무하던 시절, 서울시 화장로 교체사업에 참여했던 인연으로 만난 후, 국내 화장로 업체에 대한 정보를 공유하곤 했다.

당시 서울시에선 노후화된 화장로 교체사업을 했고 여기에 (주)대해산업이 참여했으나 낙찰되지는 못했다. 당시는 우리나라 화장로에 대한 전문 회사가 없어 경쟁이 어려울 때여서 소각로를 취급하고 있던 (주)대해산업도 화장로 개발에도 참여해 보라고 나는 김 사장에게 권유하였다. 그때는 화장로 전문 업체로는 세화산업이 유일했으며 독과점 상태라 화장로 사업이 발전할 수 없었다. 그러나 (주)대해산업이 납품한 화장로에 심각한 하자가 발생하는 일이 발생하여 국내에선 더 이상 버티지 못하고 태국, 필리핀 등 아시아 계 나라에 진출하였는데 이 것이 오히려 성공한 계기가 되었다.

김삼식 사장은 건강하고 활기가 넘쳤고, 사업의 변화를 추구 하려는 도전정신이 강한 사람이라 추진력이 대단했다. 화장로 에 대하여 많은 대화와 조언을 해 주었으나 너무 조급하게 사 세를 확장하다 대전을 비롯한 몇 곳의 화장로에 하자가 발생하 여 국내 사업을 접고 태국, 필리핀 등으로 사업을 옮겨 화장로 사업을 계속했다. 태국에서 불교 사찰 화장로 사업에 참여하여 신뢰를 쌓은 결과 필리핀, 말레이시아 등에 화장로 사업을 확 장하여 중견기업으로 성장했다.

회사가 성장하여 사업의 범위가 봉안시설, 묘지시설, 자연장 시설까지 확대되자 전문가의 자문이 필요했고 나에게 연락이 온 것이다. 그는 인간관계에 친화력이 좋아 태국인과 필리핀인 을 자기 사람으로 만드는 능력이 뛰어났으며 해박한 지식과 추 진력이 강해 짧은 시간에 사업을 일으킬 수 있었다.

2005년에는 필리핀 사업가가 한국에 봉안시설 사업을 유치 하도록 주도하였으나 성공하지 못했고, 우리나라 봉안시설 업 체가 필리핀이나 말레이시아 관광지에 봉안시설을 설치하도록 추진하였으나 역시 실패하였다.

당시 김 사장의 요청으로 봉안시설 설치지역도 방문하여 필리핀 사업자와 만나 장사시설 설치계획도 제시하였으나 노력의 대가도 없이 성사되지 못했다.

일이 성사되지 못한 이유로는 단기간에 성과를 달성하려는 조급함과 투자를 하지 않고 쉽게 얻으려는 욕심, 그리고 국가 간의 신뢰를 받지 못했기 때문이라 여겨졌다.

추진하던 일이 성사되지 못하여 실망이 큰 데다 그동안 들인 시간과 노력에 대한 대가도 받지 못한 경우가 많았다.

2008년, 내가 을지대학교에 임용된 후 김삼식 사장에게서 연락이 왔다.

다시 만난 김 사장은 말레이시아 귀족이면서 사업가인 닷트 콩 외 직원 1명이 한국의 장묘시설에 관심이 있어 4월 28일부터 5월 2일까지 한국을 방문할 예정이었고 이들의 안내를 나에게 요청했다.

그의 부탁대로 29일 만남의 광장에서 만나 유토피아 추모관, 한국 여주현충원, 현대장례식장, 서울시립장묘사업소 장사시설 견학 안내와 서울장사개발의 생분해성 봉안단 기능을 설명했다. 그 결과 유토피아 추모관과 질소 충전 봉안시설에 관심이 많았으며 한국에 묘지를 확보하여 말레이시아 장사문화를 알리고 싶다고 하였다.

2008년 5월 여주 백사면에 재단 법인 설립을 신고 후 장사시설을 설치하지 못하고 있던 손근수 사장을 만나 외국기업 투자에 대한 의견을 들었다. 지역주민의 민원도 없고, 여주군의 인허가도 문제가 없다고 주장하여 현장 확인과 김삼식 사장과 통화한 후 2008년 5월 30일 손사장과 내가 말레이시아를 방문하여 닷트콩에게 가능성을 설명하였다.

2008년 7월 3일 닷트콩과 일행이 한국을 방문하여 사업성을 확인하였다. 여주군 백사면 현장을 방문하여 부지가 마음에 들며 조건만 맞으면 언제든지 계약을 체결하겠다고 주장하였다. 부지가 확보되면 능선을 따라 용의 형상을 한 거대한 봉안시설을 설치하고 나머지 부지는 세계적인 수준의 자연장을 조성하겠다는 구상을 설명하였다.

2008년 사업유치를 위하여 수집한 자료는 완벽했으나 진입로에 있는 사유지 반환을 요구하며 마을주민이 소송을 제기한 상태였다.

손근수 사장은 문제가 없다고 하였지만, 다수의 집단 민원을 처리해 본 나의 경험에 비추어 볼 때 사업의 조기 추진이 어렵다고 판단하고 12월 김 사장과 통화하여 나의 의견을 전달했다.

지금까지 인건비 한 푼 받지 않고, 외국기업 유치에만 열성을 다했지만, 결과가 좋지 않아 아쉬운 점이 많았다. 그러나 서울시 장묘사업소장과 을지대학교 교수 신분으로 외국기업에 불확실한 정보를 제공하여 피해를 끼친다면 국가의 위신을 추락시키고 개인의 명예를 훼손시키는 결과를 초래할 수 있어 과감하게 결심하게 되었다.

2009년 3월 닷트콩도 사업을 포기하는 방향으로 선회하였으며, 김삼식 사장도 (주)대해산업에서 단독으로 투자하지는 않겠다고 선언하면서 외국기업 투자사업은 실패로 끝났다.

그러나 개인적으로는 그 당시의 인연으로 큰아들 정현이가 유학을 위하여 어학원에서 영어교육을 준비하던 중 닷트콩의 요청에 따라 말레이시아 어학원에서 몇 개월 동안 원어민 교육을 받다가 투자사업 중단으로 호주 워킹홀리데이로 바로 전환하는 계기가 되기도 했다.

그 후 2014년, 필리핀에서 김삼식 사장으로부터 한국의 봉안시설 업체를 소개해 줄 것을 부탁받았다.

이때 나는 (주)아름다운 동산 민택기 사장을 만나 취지를 소개하고 검토 후 12일 내로 제안서를 제출받아 필리핀의 김삼식 사장에게 소개해 주었다.

김 사장에게 소개해 준 (주)아름다운 동산은 봉안시설 전문설치업체이며, 봉안함 내에 질소를 충전하여 진공상태로 보관하는 특허 기술로 국립 이천 호국원 봉안시설을 설치하고 관리하는 업체이다.

국립 이천 호국원 봉안시설 설치 제안서 심의위원으로 참여하여 제안서 내용을 분석하는 과정에서 소개되었으며 이후에도 봉안시설 개발에 대한 새로운 정보를 많이 공유하였다.

(주)아름다운 동산 봉안시설의 특징은 봉안함이 금속 판넬이고 함 내부에 산소를 제거한 진공상태로 유골의 부패를 방지하는 것이다.

2014년 8월 필리핀에서 김삼식 사장이 필리핀의 (주)골던해번이라는 회사 임직원 3명과 한국을 방문하여 (주)아름다운 동산 회사를 둘러보았다. 김삼식 사장 일행이 둘러본 곳은 (주)아름다운 동산이 설치한 양주시 봉안시설, 유토피아 추모관, 국립 이천 호국원, 양천구 봉안시설이었는데 이어서 사업성이 있다고 판단하였다. 특허 사용권, 기술지원 판넬 그림삽입을 기술이전 받는 데 소요 비용 등 많은 대화를 나누었다.

그리고 그해 2014년 11월, 이번에는 (주)아름다운 동산이 필리핀 (주)골던해번으로부터 초청을 받아 11월 8일 필리핀에 도착하여 (주)골던해번 박물관, 봉안당을 견학하고 Divin mercy shirine의 봉안시설 설치 장소를 둘러보고 그곳 신부의 계획을 들었다. 다음 날 Repliea leurdes grotto churches를 둘러보았는데, 이 성지는 총 6만 평에 단체 학생이 1박 2일 순례를 다녀가는 필리핀에서 가장 큰 성지라고 했다.

견학 후, 나의 결론은 성지에 봉안시설을 둔다는 장점도 있으나, 접근성과 적정 가격에 맞아야 한다는 의견을 제시했다.

　　장묘시설은 유족이 쉽게 성묘를 할 수 있는 적절한 거리에 있어서 관리가 편해야 하고 가격이 이용하기에 저렴하면서도 서비스가 좋아야 한다.

　　지금으로서는 수익성을 예측하기가 어려우며 계약조건과 관리 방법도 충분히 고려하여 결정하여야 한다는 점을 강조했다. 최종협의 과정에서 한국의 (주)아름다운 동산에서 시설을 설치한다 하더라도 필리핀 현지까지 와서 관리하기에는 어려움이 있는 데다, 필리핀 법인인 (주)골던해번이 부지를 제공하면 (주)아름다운 동산에서 투자하여 관리까지 담당하기를 원해 결국 계약체결이 이루어지지 못했다.

　　그 후 (주)대해산업에서 비용을 들여 시설을 설치하고 (주)골던해번이 관리하고 (주)아름다운 동산이 설비 자재와 기술지원, 특허 사용권을 제공하는 조건을 제시하였으나 받아들여지

지 않았다.

결국 (주)아름다운 동산의 필리핀 사업은 그렇게 성사되지 못하고 끝났다.

김 사장과 함께 추진했던 사업은 불발되었지만, 나는 김삼식 사장의 요청으로 우리 부부가 필리핀 마닐라를 방문했을 때의 좋은 기억은 남아 있다.

2014년 2월이었고 김 사장과 다시 만나 서로의 근황을 직접 보고, 또 필리핀의 장사 업황에 대해 알 수 있어서 좋았다. 당시 김 사장은 우리 부부를 초청하여 후하게 대접했다. 김 사장의 여자 친구 레미가 공항까지 마중을 나왔으며, 체류 중 김 사장 집에서 머물며 일정을 소화했다.

파사이시 묘지관리소를 방문하여 소장인 여자 친구 레미의 안내를 받아 화장장과 묘지를 견학했다. 화장로는 김 사장의 대해플랜 제품이었고 묘지는 만장된 상태였으며 묘지 내에 주민이 거주하는 것이 특징이었다.

그때는 혐오스럽고 지저분한 묘지의 이장을 김 사장이 재개발을 추진하고 있었다. 재개발 전문가인 나에게 자문이 필요했으며 나는 서울시 재개발 당시 상황을 비교적 소상히 설명해 주었다.

다음 날 김 사장과 식사를 하면서 집안 사정을 소상히 들었다.

김 사장의 성격이 강직하고 목표 달성형이라 가족과의 불화가 잦았으며, 국내에서 사업할 때 어려운 고비를 이기지 못하고 이혼을 하게 되었으며, 자식들과 사이도 멀어져 오랜 기간 연락이 끊어진 후 혼자 태국으로 와서 사업을 시작하였다고 했다. 사업에 성공한 후 자식과 접촉은 이루어지나 천륜을 끊은 행위에 대하여 후회하고 있었다.

필리핀 체류 중에 아름답기로 유명한 민도로섬에도 들렀다.

여객터미널에서 대나무로 된 날개 모양의 배를 타고 우리 부부와 김 사장과 여자 친구 레미가 1시간을 달려 민도로에 도착했다. 민도로는 자연경관이 유명한데 많은 섬으로 연결되어 있고, 산에 우거진 야자수와 각종 희귀식물, 꽃이 만발하여 낙원을 이루고 있는 원시림이었다. 바닷가에 별장과 집은 테라스형이고 깨끗하고 특징이 있었으며 바닷가에 정박한 소형 선박은 낭만적이고 관광객이 부러울 정도로 특이해 보였다.

좋은 자연환경에서 싱싱한 회와 맛있는 특별요리를 많이 먹으며 무척 즐거웠는데, 레미와 대화 소통이 원활하지 않아 아쉬웠다.

다음 날은 부리지역에 있는 원주민 마을을 방문하여 전통 관습을 이해하고 장신구를 구매했으며 262미터 폭포도 구경하고 각종 희귀종의 나무와 망고나무도 구경했다.

　민도로섬에서 머물고 있을 때는 한국 대사관에서 "이곳은 통제된 구역이니 신속히 그 지역을 벗어나라"고 여러 차례 경고 문자를 받았다. 사실 그곳은 일반 여행객은 방문이 불가한 제한구역인데 현재 국장인 레미가 있어 가능했다. 마지막 날 바람이 심하다는 일기예보가 있었고 전날 바닷물의 징후 등을 판단할 때 다음 날 여객터미널까지 갈 수 없을 것 같아 서둘러 짐을 꾸려 오후 늦게 조기에 귀가했다.

　김 사장은 해양대학을 졸업하고 원양어선을 오래 타 본 경험이 있어 누구보다 바다의 생태를 잘 알고 있었다. 만약 그때 조기 귀가하지 않았다면 2~3일 지체되는 어려움에 처할 뻔했다.

　다음 날 st. theres columbarium 봉안시설을 방문하여 견학하고 성당 미사에 잠시 참석한 후 Heritage Park를 방문하여 다양한 형태의 묘지를 둘러보았다.

한국으로 출발하기 전날 저녁엔 레미가 울라라 고기 요리를 만들어 아파트 내 한국인을 초대하여 함께 식사했다.

귀국하는 날은 마침 밸런타인데이라 공항길이 많이 밀렸다. 가까스로 비행기를 놓치지 않고 탑승할 수 있었으며 김 사장이 주는 코코넛 주스 6가론 운송에 어려움이 많았던 기억이 있다.

투자사업의 성과는 없었지만, 필리핀의 견학 겸 여행은 화려한 체험으로 남아 있다.

6부

배움이 가르침으로

(1999~2013)

1.
만학의 대학원 석, 박사과정

　　1983년 군인 시절에서부터 직장인으로 꾸준히 계속해왔던 방송통신대학교를 2001년에야 졸업하였다.

　사회생활을 하면서 늘 배움에 대한 필요성을 느꼈다. 그래서 동국대학교 불교대학원 생사문화학과에 수강 신청을 하였다. 전공을 장례지도학과로 정한 것은 당시 서울시설관리공단 장묘사업소장직에 근무하고 있으면서 서울시에서 외국의 장례문화를 벤치마킹하여 혐오스럽게 생각하던 한국의 장례 정책을 변화시키는 데 일역을 담당하고 있던 시기였다.

　서울시에서 장사시설의 부족에 따라 그 대안으로 내세운 화장 후 수목장이나 가족장 등 당시 개발된 정책 방향이 널리 전파되고 있었다. 장사문화가 화장 중심으로 정착되었으며 그다음 정책을 제시해야 할 시기이기도 했다. 매장 중심의 장지뿐만 아니라 화장으로 전환 후에도 시설과 장지 부족은 여전했고, 친환경으로 질적인 전환을 모색하던 시기이다.

그런 시대적 필요성에 따라 동국대 교수들의 제의가 있었고, 나는 늦은 나이에도 불구하고 우리나라 유일의 대학원인 동국대 불교대학원 생사문화학과에 수강 신청을 하였다. 특수대학원이라 야간수업 중심이었고 낮에는 시설관리공단에서 열심히 근무하고 밤에는 동국대학교에서 강의를 듣는 힘든 생활을 강행했다.

당시 장사(장례와 장묘) 분야는 기피하던 분야라 경쟁력이 없었으나 이 분야는 국민 누구나 한번은 접하는 공공성이 매우 강한 분야이며, 실제로 연 30만 명의 죽음을 처리하는 필수적이고 보람 있는 분야이다.

2003년 석사과정을 수료하고 논문초록과 4월 15일 논문발표

를 끝내고 책자를 발간하였다. 학위논문 "화장장 관리실태 분석 및 발전방안 연구"로 생사문화학과에서 문학석사 학위를 받았다.

당시 논문을 작성하는 데 많은 직원이 도와주었으며 우리나라 화장장으로의 전환을 이해하는 데 필요한 최초의 논문이었다. 특히 화장로의 문제나 화장 과정에 대한 세부적인 사진 설명, 화장한 유골이 인체에 미치는 영향과 전문 기관의 자료가 발표되어 화장문화 발전에 도움을 주었다. 논문에서는 우리나라 화장 변천 과정과 화장장 및 관리실태를 상세하게 분석하여 발전 방향을 제시하였다. 화장할 때 환경오염 방지를 위한 화장관사용 의무화, 개발된 화장로 교체, 산골에 대한 법적 근거를 마련하여 자연 친화적인 산골 권장, 인력 보충, 지방자치단체장의 관심, 화장예식절차의 표준화 등, 수도권 중심의 시설 보강 및 제도개선을 강조했다. 그리고 종교단체에도 신도, 신자들의 전용 화장장 설립을 허용해야 한다고 주장했다.

이러한 논의와 주장들은 서울시장묘사업소장을 하면서 현실에 바탕을 둔 대안을 제시한 것이었다. 그래서인지 논문이 발간된 후 이 분야 종사자, 연구자, 학생 등 다양한 사람들이 인용하고 있어 보람을 느낀다.

2003년 석사과정 수료 후, 2004년 56세 나이에 박사학위에 도전했다.

당시 서울시설관리공단에서 처장을 역임하고 있었으며 정년 퇴임을 2년 남겨둔 상태였다. 또, 동국대학교, 을지대학교에서 시간강사, 겸임교수로 강의하면서 교수 임용도 제의받고 있었다.

교수로 재직하려면 박사학위가 필요하고 또, 전문 지식을 갖추어 국가정책에 대한 비전을 제시할 수 있어야 했다.

석사과정도 그랬지만 박사과정 역시 직장을 다니면서도 학점을 이수하기 위해 토, 일요일 집중 강의를 들으면서도, 부득이한 경우에는 사전승인을 따로 받아 주간에 참석하기도 하였다. 지금 뒤돌아봤을 때 여러 면에서 무리한 일이었지만 주위의 도움과 양해로 추진할 수 있었다. 그럼에도 학과목 중 외국어학점을 이수할 수 없어 애를 먹었던 것이 기억에 남는다. 결국 영어학점이 되지 않아 마지막으로 주어지는 집체교육을 통하여 겨우 학점을 받을 수 있었다. 책 한 권의 단어집을 작성하여 복습하고 열심히 외웠으나 독해가 쉽지 않아 원형탈모까지 생겼다.

그렇게 어렵게 과정을 수료하고 드디어 2007년 10월 논문초록 발표와 1차 논문 심의를 거쳐, 12월 최종 심사가 끝났다. 최종 심사까지도 우여곡절이 많았고 비판도 많이 받았다. 아무래도 논문에만 집중하는 시간과 노력이 부족할 수밖에 없었다. 그래서 논리적 치밀성이나 이해의 깊이에 허점이 많을 수밖에 없었다. 그러나 부족한 대로 밀어붙여, 2008년 2월 22일, "한국 자연장의 활성화 방안에 대한 연구"로 박사학위를 받았다.

나로서는 감개무량했다. 고졸 출신으로 그동안 많은 서러움을 감내해야 했고, 조직 생활에서도 역량이 부족하다는 평가를 받기도 했는데, 그럴 때는 회사 생활을 접을 생각까지 했었다.

당시 직업 현장에서 학위 여부에 따라 대우가 달랐다. 학벌이 좋으면 더 많은 예우를 받아왔으며 알게 모르게 서열화되어 있는 학벌 카르텔 속에 고졸로 핵심 지위에 오르는 것은 매우 어려웠다.

박사학위를 받으면서 시간강사, 겸임교수를 거쳐 대학교수로 재직할 수 있었고, 위상도 한층 업그레이드되었다. 그때 내가 학위를 받을 수 있도록 노력해 주신 한보광 교수, 심익섭 교수의 도움을 지금도 마음 깊이 감사하게 생각한다.

박사 논문을 자연장으로 선택한 이유는 당시 2003년 서울시 정책 방향이 화장률 90%에 납골묘 중심의 봉안에서 자연장으로 전환되었고, 또 해양장, 수목장, 화초장, 산골장, 빙장 등 새로운 자연장의 모델을 개발하여 정책 방향을 전환하던 시기였다. 그에 따른 현장의 실무자로서 또 전문가로서 선도적인 역할과 자연장의 발전 방향을 제시하고 그 이론적 바탕을 제시하였다.

논문 작성을 위하여 여러 선진적인 사례를 발굴하기 위해 외국 현지 탐방을 많이 하였다. 일본식 자연장을 현지 답사하였고, 또 우리나라 최초로 고려대 변우혁 교수와 스위스, 독일의 수목장 관리실태를 둘러보고 밴치마킹 하였다. 또한 장례에 대한 전반적인 설문 조사도 실시하였다. 그리고 2003년 장묘사업 소장 재직 시 서울시 "추모의 숲" 자연장지를 국내 최초로 설치한 경험을 근거로 다량의 자료를 분석하고 우리의 전통 자연장 제도와 연계시켜 한국 자연장의 모델을 제시한 경험과 자료를 참고하였다. 새로운 방향을 충분히 제시하진 못했지만 차기 더

욱 발전된 한국형 자연장 모델을 개발하는 데 기초자료가 되었다. 좀 더 일찍 연구에 임했더라면 더 깊이 있는 논문이 완성될 수 있었을 것이라는 아쉬움이 있다.

2.
다양한 학술활동과 을지대 강의

　서울시설관리공단에서 장묘사업소 소장을 하는 등 현장에서 오랫동안 현장 근무 경험이 많다는 것이 내 연구 성과물의 특징이다. 강의 또한 이론 위주보다 사회활동에 적용할 수 있는 이론과 실습을 병행하는 실용적인 강의가 이루어질 수 있다는 장점이 있었다.

　이후 2008년 3월부터 을지대학교 교수로 임용되어 2013년까지 재직하였다.

　교수 임용 당시에는 연구 실적이 적어 어려움이 많았으나 강의 방향을 현장경험 위주로 강의계획을 수립하였다.

　처음에 맡았던 강의는 기존 교수들 과목을 제외한 장사행정학, 상·장·제의례학, 장사정보학, 장사용어 등의 과목이 내게 배정되었다. 장사행정학은 일반행정과 장사행정을 구분하는 것, 상·장·제의례학은 전통유교 관습에서 근대사회의 새

로운 방향을 제시하는 것, 장사정보학은 정보화 시스템이 제
도화되지 않았던 시기라 새로운 방향을 제시하는 것이 어려운
과제였다.

이런 강의는 주로 실무보다는 이론의 기초를 다루는 과목들
이었다. 용어의 개념과 해설이 주된 내용이어서 비교적 지루한
과목들이었다. 이후 실기 과목을 맡아 나의 강점인 실습 및 견
학 과정을 강의계획에 포함할 수 있었다. 그 결과 서울시 장사
시설을 직접 견학 실습하여 학생들로부터 좋은 평가를 받았다.
그동안의 근무 경험을 바탕으로 한 실무적인 면에는 강했지만,
그와 동떨어진 원론 분야에서는 오랫동안 다져진 문화사적 이
해와 지식에서 부족한 점이 느껴졌다.

장사업무(장례 장묘)는 결국 인간의 삶과 생사관 등이 집적된 문화의 표상이고, 거기에는 인간 삶과 죽음의 방식과 사상과도 맥이 닿아 있다. 나름대로 국내 논문과 기존 강의자료를 참고하여 강의계획을 수립하고 강의록을 작성하였으나, 학생들에게 보다 더 깊이 있는 강의를 제공하지 못한다는 생각에 내심 시달렸다.

내실 있는 강의가 되려면 과목별로 더욱더 깊이 있는 다양한 연구를 하고 또 그 성과가 필요했다.

당시 내가 연구한 화장, 자연장 등에 대한 강의는 최고의 평가를 받았으나, 인문학의 넓은 지식과 일반상식이 부족하여 강의가 경직되었다는 평가를 받았다. 논문 몇 편과 근무 경험만

으로 명강의가 이루어질 수 없었고, 많은 책을 읽고 여러 분야의 지식이 쌓여, 전공 분야를 넘나드는 통찰의 경지에 있어야 재미있고 깊이 있는 강의가 될 수 있음을 알게 되었다. 연구와 강의는 전혀 다른 분야라는 것이 절실히 다가왔다.

대학의 강단에서는 강의만 하는 것이 아니라 의미 있는 연구 성과와 그 결과물인 논문이 나와야 한다. 그러나 나는 시간과 노력의 물리적인 양이 부족하다는 생각이 들었다. 밤낮없이 노력하였으나 능력의 한계를 느꼈다. 2010년까지 강의 결과는 학생들에게서 "보통"으로 평가받았으나 스스로 생각하기에는 늘 능력이 모자란다는 생각이 들었다. 그러니 노력을 배가하여 겨우 명맥을 이어 나가야 했고, 능력을 넘어서는 노력을 하자니 나도 힘들 뿐 아니라 자연스럽게 가족과도 많은 시간을 갖지 못했다.

대학 내에서의 활동뿐만 아니라 학교 바깥에서도 활발하게 활동하였다.

특히 2006년부터는 화장률이 급증하여 화장장과 유골의 봉안 능력 확보가 시급하여 정책의 변화가 불가피한 시기였다. 나 또한 부족한 장사시설 확보를 위하여 대시민 홍보를 위하여 신문사, 학회지, 장사단체, 종교단체 등 독자 칼럼, 여론마당, 사목지, 발언대, 열린글밭, 세설 등에 꾸준히 실상을 알렸다. 제도개선, 화장장 신설, 장사 정보시스템 등을 주기적으로 홍보하여 시민의 의식변화에 효과가 있었으며 짧은 기간에 매장에서 화장문화로 전환되는 계기가 되었다고 생각한다.

또한 그동안 내가 모은 자료를 근거로 지방자치단체, 국회의원, 종교단체, 학회, 대학, 시민단체에서 추진하는 세미나, 심포지엄, 토론회 등에 참여하여 전문가로서 의견을 제시하였다. 각종 세미나 등에 참석한 이유는 이론적인 논리보다 현장의 생생한 경험을 설명하여 시행착오를 사전에 방지하기 위함이었다.

그동안 연구 활동도 꾸준히 하였는데 사례분석, 설문조사 등 과학적 근거를 통하여 최선의 결론을 도출하려고 노력하였다.

서울시 장묘사업소장으로 지내며 쌓인 경험을 토대로 작성한 동국대학교 석사학위 논문 "화장장 관리 실태 분석 및 발전방안 연구(2000)"를 시작으로 한국장례문화학회에 "집단묘지 재개발 실태 및 발전 방향(2005)"을 발표하였다. 이 논문은 한국동란을 겪으면서 피난민이 정착해 살았던 서울의 외곽에 산재했던 무연고 분묘들을 정리하여 경기도 외곽으로 집단 이장한 것들의 재정비가 시급한 시기를 배경으로 연구한 것이다. 서울시 장묘사업소장 재임 때였고 직접 묘지 재개발을 추진하고 있었다.

이어서 "한국 자연장의 활성화 방안에 관한 연구(2008)"를 동국대학교 행정학과 박사학위 논문으로 발간하여 자연장 보급을 유도하면서 서울시 자연장지를 직접 설치한 내용을 다루었다. 그리고 불교사상에 부합되는 자연장의 방향을 제시한 한국정토학회에 "장사문화 변화에 따른 자연장 연구(2009)"와, 을지대학교 장례지도학과 교수로 임용 시 총장의 요청으로 서술한 "장례지도사 직업환경 평가와 국가 자격제도화 방안(2009)"을 내놓았다.

을지대학교는 당시 우리나라 최초로 장례지도학과를 신설하여 학생을 배출하였으나 정작 장례지도사는 공공성이 있는데도 국가 자격으로 제도화되지 못하고 있었다. 이에 그 필요성을 느끼고 각종 자료를 수집하고, 현장에서 근무하는 장례지도사의 의견을 수렴하였으며, 외국의 실태를 직접 확인하고 벤치마킹하였다. 당시 여러 차례 세미나 토론회를 거쳐 장례지도사 국가 자격의 법제화를 위하여, 국회와 관련 시민단체, 정부, 학교 등에 적기에 이 논문을 배포하여 법제화에 도움이 되었으며 타 논문에도 많이 인용되었다.

또 한국인체미용예술학회 교수와 공동으로 연구하여 "사자 분장의 표현기법에 관한 고찰(2010)"이라는 논문을 발간했다. 이 논문은 생자에 대한 미용도 중요하나 사자에 대한 미용도 중요하다는 의견이 일치되어 선진국의 위생처리와 미용에 대한 현장 견학과 관련 자료를 확보하여 공동으로 저술한 것이다. 이 논문은 주로 미국의 엠바밍 책자를 기본 자료로 인용하였기에 한국적 상황에 맞는 전통적인 염습 발굴 계승에서 다소 부족하다는 평가를 받았으나 사자에 대한 메이크업에 대한 근거를 제시하였다는 평가를 받았다.

또한 2004년에는 도서출판 "생각하는 창"에서 《화장》이라는 단행본을 발간하기도 했다. 오랫동안 서울장묘사업소에서 근무하며 장례문화학을 전공한 경험을 살려 장묘업계 최초로 화장문화에 대한 단행본을 펴냈다. 이 책에서는 한국 화장문화의 문제점을 검토하고 바람직한 발전방향을 제시했다. 죽음을 받아들이는 태도와 관련지어 화장제도의 역사와 여러 나라의 사례를 소개하고, 화장문화의 저변확대를 위해 개선되어야 할 시설과 제도, 바람직한 발전방향에 대해서 논의했다.

이러한 다수의 연구 활동과 저작물 출판, 정책개발을 위한 세미나와 강연 기고 등의 활발한 활동을 통하여 우리나라 장례에 관해서는 기여한 점이 있다는 데에 개인적인 자부심과 의미를 느끼고 있다.

7부
___

떠난 가족, 남은 가족 이야기

(1999~2024)

1.
어머니의 죽음

어머니는 한 세기가 저물던 무렵, 1999년 12월 20일(음력 11월 13일) 서울의료원 삼성병원에서 가족들이 지켜보는 가운데 사망했다. 77세의 고령으로 서울에 모시기로 하고 남양주시 화도읍에 45평 아파트를 마련한 상태였다.

사인은 감기였지만, 젊었을 때부터 어머니는 기관지와 폐에 염증성 기흉이 있어서 평소 숨쉬기 힘들어하셨다. 마지막 3년 정도는 체력적으로도 목숨이 간당간당한 상태였다.

1997년 8월 어머니가 마산도립병원에 입원했다는 소식을 누나에게 듣고 병문안을 다녀왔다. 이후 1998년 1월 예정되어 있던 화도읍 신축 경향아파트에 입주하고, 어머니를 하루 뒤인 11일 모시고 왔다. 큰아들 정현이가 대학 진학을 앞두고 있어서 아내는 서울시 방학동 옛 아파트에 남아 있고 나는 남양주시 화도읍에서 회사로 출퇴근하면서 어머니와 함께 생활했다.

당시 아내는 병원 근무를 하고 있었고 아들 뒷바라지하랴 병원 근무하랴 정신이 없는 와중에도 주말에는 어머니를 보살폈다.

그동안 어머니는 고향인 함안에서 소일하면서 친족들과 말 벗하며 살았는데, 부산에서 결혼하여 회사 다니던 조카가 귀촌하고 싶다 하여, 홀로 적적해하는 어머니에게도 도움이 될 듯하여, 시골집으로 귀촌하는 것을 허락했다. 하지만 본집에서 살고 있던 어머니와 시간이 지날수록 잦은 언쟁으로 불편함이 가중되고 스트레스가 쌓여 자식이 있는 곳으로 오기를 원했다.

어머니는 오랫동안 기관지와 폐 질환을 앓고 있었는데, 더 이상의 시골 생활이 사실상 불가능한 상태였다.

서울에 오신 후 식사하고 노인정에 갔다가 오곤 했는데, 서울의 공동체 활동에 적응하기가 어려운 듯 보였으며 친구가 없어 외로워 보였다. 그래서 다른 분들에게 대접도 하고 어울릴 수 있도록 모친 앞으로 통장을 개설해 좀 나아지는가 했는데, 1998년 11월 14일 어머니가 방에서 쌀자루를 옮기다가 허리를 다쳐 병원에 입원 후 11월 25일 퇴원하였다. 그러다 1999년 3월에는 어머니 건강 검진을 받는데, 백내장이 있지만 폐 호흡곤란과 관절 결절 등으로 수술이 불가하다고 했다. 또한 관절은 X선 촬영결과 결절 상태라고 하였다. 이미 폐 관절 등 전체 기능이 많이 떨어진 상태였다.

그렇게 서울 오신 지 1년쯤 지나, 마산 누나네 큰아들 김대규의 결혼식 소식이 전해지자, 마산에 가서 결혼식에 참석하고 쉬었다 오겠다고 하였다. 어머니의 건강 상태에 무리라는 생각에 가족들이 만류하였으나 소용이 없었다.

결혼식이 무사히 끝나고, 마산 누나 집에 머물고 있다가 갑자기 쓰러져서 병원응급실에 입원했는데, 감기 증세이지만 폐의 기흉이 심각하여 산소마스크를 착용해야 하고 즉시 입원해야 한다고 했다.

휴가를 받아 어머니가 입원한 병원을 찾아가 주치의를 만나봤더니 폐 손상이 심하여 오래 생존하진 못할 것 같다고 했다. 나는 어머니 손을 잡고 안심을 시켜드린 후 서울로 모시려는데 가능한지를 의사와 상의한 결과 산소마스크를 착용하고 구급차로 이동하면 가능하다고 했다.

내가 병문안 갔을 때, 답답해서인지 어머니는 산소마스크를 제거해 달라고 부탁하는 시늉을 하였지만 그렇게 할 수 없었다. 신속하게 조치하여 어머니를 구급차에 모시고 마산에서 서울의료원까지 응급으로 달려왔으나 다행히 위급상황은 발생하지 않았고, 입원 절차를 무사히 마칠 수 있었다.

1999년 12월 15일 서울의료원 손 과장이 전화하여 모친에게 인공호흡기를 계속 착용할 것인지를 물어왔다. 인공호흡기를 제거하면 곧 사망하며, 앞으로 생존 가능성은 없다고 하였다. 가족들과 회의 끝에 인공호흡기를 제거하기로 하였다.

12월 20일 서울의료원에서 오늘을 넘기기 어려울 것 같다는 연락이 왔다. 연락을 듣고 우리 가족과 서울에 있는 여동생 가족이 임종을 지켜보았다. 어머니의 창백한 모습과 마지막 넘어가는 숨소리를 들으면서 오열했다. 아내가 숨을 거둔 어머니의 눈을 감겨 드리고 바로 장례식장으로 모셨다.

서울의료원 장례식장에서 많은 일가친척 지인이 명복을 빌어주었으며 특히 서울시설관리공단 직원들이 많이 참여해 주었다.

장지는 생전에 말씀드린 천주교 청량리 묘지 전망이 좋은 곳에 모셨으며, 묘지 선정과 작업에 관한 일체는 내가 근무하던 용미리묘지 마을주민들이 자신들의 일처럼 성의를 다해 처리해 주었다.

어머니의 끝없는 고난의 일생은 그렇게 끝났다. 19살에 두 번째 부인으로 시집와서 끝없는 남편의 병간호와 남편의 죽음 이후 홀로 40여 년간 가계를 책임진 가장으로, 대소사를 처리하는 집안 큰며느리로 살았다. 또한 시골의 많은 농사일을 홀로 감당하고 어린 세 자식까지 키웠다.

지금 내가 짓는 주말농장 농사는 당시 어머니가 짓던 농사를 흉내조차 낼 수 없다. 그때 우리 가족이 이고 지고 수없이 고개를 넘나들며 날랐던 깻단과 콩단들은 집 마당에서 말려 도리깨와 나무막대로 탈탈 털었다. 그러면 흙먼지와 함께 우수수 떨어지는 작고 하찮은 깨알과 콩알들. 한 알 한 알 소중하게 주워 모아야 겨우 한 됫박 만들기 힘든 날들. 노력과 인내로 작디작은 깨알과도 같은 하루하루를 살아가는 것이 농사였다.

내 기억 속에서, 지금도 어머니는 마당에서 깨와 콩을 털며 흙먼지와 함께 기침을 하신다.

2.
조카의 양자 입양으로 본
집안의 숨은 이야기

광주안씨 중랑장후 월호공파 37대손 권수 할아버지부터 42대손까지 집안의 변화를 되돌아보려고 한다.

함안 가야읍의 고향 마을에 터 잡은 증조 대의 집안은 부농으로 이름이 나 있었다. 마을 일대에 다섯 (형제) 부자라 하여 "오부자"로 불렸다.

"오부자" 중 둘째 아들이었던 권수 할아버지(내 할아버지)는 부농을 일구었고 적극적으로 사회활동에 참여하여 처사의 직함을 받았으며 슬하에 3남 1녀를 두어 행복한 가정을 영위하였다.

38대손 3남 1녀 중 석원, 석권, 석재 3남을 두었으며 내 아버지인 장남 석원은 키도 크고 체격도 좋아 가족의 맏형으로서 역할을 기대하였다. 그러나 일찍이 시작된 기관지 질환이 나날이 심하여져 백방으로 노력하다가 1958년 향년 51세로 사망하였는데, 가장의 오래된 지병으로 가세는 나날이 기울었고 이른 가장의 죽음으로 가정 경제는 어려움이 가중되었다.

차남 석권 또한 건장한 청년이었는데, 결혼해 분가하고 난 후 몸이 좋지 않아 고생하다가 40대에 사망하여 그 가정 또한 어려웠다.

삼남 석재는 당시 마산 상고를 졸업하고 일찍 사업 전선에 뛰어들어 부산시 영도구에서 도금 공장을 설립하여 점차 사세를 키워 중소기업으로 성장하였다.

1970년까지 회사를 경영하며, 당시 국가에 이바지한 공로가 컸다. 그러나 이후 시장성이 있는 새로운 성장산업에 접근하지 못하고 낙후된 도금 공장에 집착한 결과 사세가 기울어 사업을 접고 말았다. 사업을 접은 후 그동안 못한 집안 경조사에 참석하는 등 집안 어른으로서 역할을 하다 87세에 사망했다.

석원(내 아버지)의 슬하에 월호공파 39대손 명문, 정문, 우환(본인), 갑점, 화숙을 두었고, 차남 석권 슬하에는 영문, 몽재, 명숙을 두었다. 삼남 석재 슬하에 용환, 호환, 천환, 시환, 영숙을 두어 총 13명의 4촌이 탄생했다.

장남 명문은 1928년생으로 당시 마산 상고를 졸업하였다. 결혼한 후 당시 유행하던 전염병에 걸려 고생하다 수를 다하지 못하고 20대에 사망하였다. 일찍이 홀로 남겨진 형수는 재혼했다는 소식이 나중에야 전해졌다. 그래서 내 장조카 국진이가 양자로 입양된 상태다.

둘째 정문은 1935년생이며, 함안농고를 졸업하고 부모의 농사를 이어받아 소작인으로 살려고 했으나 농사에 익숙하지 못하여 당시 산업화가 활발하게 추진되던 시기라 부산으로 이사하여 회사 생활을 시작하였다. 그러나 곧 적응하지 못하고 다시 고향으로 돌아왔다. 이런 실패가 반복되자 술을 가까이하게 되었고, 실수를 거듭하다 결국 술중독에 빠져 주변 사람으로부터 손가락질과 함께 뜻을 펴지 못하고 76세에 사망했다.

나 우환은 셋째이고 위로 누나 갑점과 아래로 여동생 화숙이 있다.

내 삼촌인 석권 슬하에 1941년에 태어난 영문이 있다. 영문은 외아들로 태어나 어릴 때부터 키가 작아 놀림을 많이 받았는데, 병원 검진 결과 뇌종양으로 판정되었다. 마산으로 거주지를 옮겨 슬하에 대경 홍정을 두고 단명으로 사망하여 그 가족들의 어려움이 많았다.

석재 삼촌의 슬하에 장남 용환은 1946년생이며 체격이 좋고 매사가 적극적인 성격의 소유자로 고등학교 졸업 후 전기 기술 자격을 취득하여 전기 기술이 숙달되면 아버지 가업을 이어받을 것으로 기대하고 있었다. 그런데 회사에 근무하다가 산재

사고로 결혼 전에 사망하는 사고가 일어나 몹시 안타까웠다.

차남 호환이는 1950년생으로 부산에서 고등학교를 졸업하고 취업하여 자취하고 있었다. 그런데 당시 해안소대장으로 부산에서 복무하고 있던 나와도 종종 만났다. 그러던 어느 날도 둘이 술을 곁들인 식사를 하고 헤어졌는데 그날 저녁에 자취방에서 연탄가스로 사망했다. 나와 만나지 않았으면 죽지 않았을 텐데, 하는 죄스러운 마음이 오랫동안 계속되었다.

삼남 천환은 두상이 누구보다 커서 머리가 좋을 것이란 평을 받았다.

1952년생으로 병리학에 관심이 많았으며 그 후 약혼한 후 결혼하지 못하고 헤어졌으며 둘 사이에 자식은 없었다. 그 후 혼자 미국 영주권을 얻어 한방병원을 설립하여 운영한다고 했는데 2022년 한방병원에서 원인 불명으로 사망했다는 소식과 당시 수사 중이라는 연락이 통지되었다고 한다.

사남 시환이는 1955년생으로 정신적인 이상 있다는 구전은 있었으나 불확실하고 현재 생존해 있는지, 장가는 갔는지, 어디에 사는지를 모른다.

막내 석재 삼촌은 당시 부산에서 사업으로 가계를 일구어, 친척 중에서도 가장 부유한 편이었고, 자식들도 모두 건강하여 더 바랄 것 없이 다복했는데 한순간에 이렇게 무너질 줄은 미처 예상하지 못했다. 특히 자식들 네 명이 모두 결혼도 하지 못하고 사망하여 후손이 없는 상태이다. 한 집안의 비극적인 결말 아닌 결말에 운명의 힘 같은 것을 느끼게 했다.

삼촌이 회사를 운영하고 있을 때, 마을의 집안 대소사에 삼촌은 사업으로 바빠 제사에 참여하지 못했고, 숙모가 대신 혼자 참여하였다. 명절이면 숙모는 첫날 본가에 잠시 들른 후 친척 집에 다니며 숙식을 해결했다.

그 당시 도시물 먹은 부산에서 온 사촌들이 더러 버릇없는 짓을 많이 했으나, 집안 어른들은 사랑으로 이해하고 넘어갔다.

정문, 영문, 용환, 호환, 천환, 시환 등 사촌들의 공통적인 점은 유순하고, 정이 많고, 사람 좋아하고, 남의 배고픔을 안타까워하는 성격이다.

부모의 죽음, 사업중단 등 환경 여건은 계속 나빠져 이상 더

용기를 가질 수 없는 단계까지 진척되면서 완전한 독립을 성취하지 못했다. 자식의 조기 사망과 사회적응 능력 부족은 가문이 침체되는 계기가 되었다.

부농으로 자랑하던 오부자 집 둘째 아들 권수 할아버지의 뒤가 이렇게 허무하게 무너질 줄 미처 몰랐다. 운명일까? 환경 탓일까? 우연의 일치라고 보기에는 너무 가혹한 일들이 많았다.

한편 1979년 조카 국진이가 큰 형님에게 양자로 입양(호적등본 등재)되었다.

당시 나는 육군 대위로 재직 중이었으며 국진이가 양자로 간

사실을 모르고 있었다. 2002년대 지방을 모시는데 작은형수가 큰형수를 지방에 넣어야 한다고 주장하여, "큰형님 명문의 사망 후 시가를 떠나 행적이나 생사가 불확실하지만" 제사에 포함하기로 합의하고 지방에 모셨다.

2017년 설날 큰 조카 국진이가 큰형님 명문에게 입양되었다는 이야기를 국진이에게 듣고 호적등본을 확인한 결과 사실임을 알게 되었다.

양자 제도 중 친양자는 일반양자와 달리 입양 전 부모와의 모든 권리의 의무관계를 단절시키고 기존의 부자 관계를 양친과의 권리 의무관계로 대체하는 법률효과를 갖는다. 2005년 민법 개정을 통해서 도입되었으며 2012년 개정을 거쳐 시행되었고 양자 제도는 가계계승을 최우선 목적으로 추진되고 있다. 이 제도는 주로 양부모가 살아 있을 때 이루어지며 양자 후 오래 함께 양부모와 생활하며 공감대를 형성한 후 양부모의 가계를 계승하게 된다. 국진이의 경우 물려받을 재산도 없고 양부모를 모르는 상태에서 입양 전 부모와 권리의 의무를 단절시키기 어렵다. 국진이 양자 결정이 어떤 과정을 거쳐 이루어졌는지, 조상께 고했는지, 가족들에게 충분히 알렸는지 나는 잘 모른다. 나는 제사의 지방을 어떻게 모셔야 할지 망설이다가 가족들이 양자에 대하여 잘 모르고, 국건이가 병을 앓고 있어 2023년 제사까지는 양자 이전과 같이 양부모(국진 큰아버지, 큰어머니)를 백부, 백모로 모셨다. 앞으로 제사는 법적 근거(호적등본에 등재)에 의거 양자 제도에 따라야 한다.

내 나이 76세이고 장조카가 64세이다. 지금까지는 명절 제사에 꾸준히 참여하였으나 서울에서 대중교통을 이용하여 함안 제사에 참여하는 것이 점차 어려워진다. 교통수단, 의식주 등이 불편하고, 내가 함안 제사에 참여하면 수도권에 있는 직계 가족의 모임이 생략되는 등 문제점이 많아 2024년부터는 조카들에게 일임하고 서울에서 직계혈족과 명절을 보낼 예정이다. 2023년 추석에는 가족이 모두가 고속철 승차권 예매에 참여했으나 실패했고 고속버스도 매진되어 지인을 통하여 어렵게 승차권을 구매하여 다녀왔다. 숙박 시설도 마산에 있는 조카가 호텔 예약과 함안까지 자가용을 제공하여 제사에 참여할 수 있었다.

전통 관습인 제례도 바람 앞의 등불 신세다.

과거 계층사회에서는 효사상을 통하여 사회적인 질서를 유지하였으나 지금은 개인의 자유와 주장을 우선시하고, 정보 통신의 발달로 남녀노소의 구별이 없어졌다. 개인주의적 변화에 대처할 새로운 방안도 없이 효 사상만 주장할 수는 없다. 제사를 통합하거나 분묘에서 직접 예를 갖추는 가정이 늘어나고 있을 뿐만 아니라 종교의 예식에 의존하거나 아예 제사를 생략하는 가정도 늘어나고 있다.

건전 가정의례 준칙에 의하면 제사는 2대까지만 모시도록 권장하며, 매장은 사망자의 10%에 불과하다. 현재 추세로 제사는 아버지 어머니만 한시적으로 모시고 매장은 특별한 경우에만 제한적으로 이루어질 것으로 판단된다.

우리 집안의 제사는 고향에서 장조카가 윗대 여덟 분 시제(제사의 종류)를 추석에 한 번에 모시고, 내가 어머니 기제사를 모시고 있다.

매장한 분묘는 할아버지, 할머니, 큰형님, 합장한 아버지와 큰어머니, 어머니 총 다섯 분의 묘를 관리한다. 건전 가정의례 준칙에 따르면 명문 형(큰형)과 형수, 정문 형과 형수는 장조카

에게 승계해도 되지만 할아버지, 할머니, 아버지, 어머니 분묘
는 사회적 변화에 따라 정리하는 것이 타당하다고 생각한다.
상황을 봐서 조카들과 논의할 생각이다.

　권수 할아버지가 일군 상속 유산 중 애지중지하던 한옥과 제
후답(시제답)은 유지를 받들어 보존해야 할 당위성이 있다.

　영구적으로 보존을 보장할 순 없으나 사례편람이 규정하는 4
대까지는 유지되었으면 좋겠다. 그렇다고 관리할 수 없는 부득
이한 상황임에도 빈집을 의무적으로 보전해야 한다는 것은 아
니다.

집과 논을 시대변화에 따라 주거 공간으로 리모델링하거나, 산책 공원을 조성하거나, 조경시설이 잘된 민박을 활용하는 등 시대변화에 능동적으로 대처할 수 있다고 생각한다.

　내가 물려받은 논, 대지, 집은 내 자식보다 함안에서 오래 거주할 장조카와 손자에게 물려줄 생각이다. 장손자 승현이는 똑똑하고 의지가 강하며 지혜로운 아이라 물려받은 재산을 시대에 맞도록 가꾸고 보전할 능력이 있기 때문이다.

3.
부모의 역할에 대해 생각하다

　　부모의 역할이 어디까지인지, 자식을 키우는 모든 부모들은 한 번씩 고민한다.

　　큰아들 정현이가 2005년 단국대학교 체육교육학과를 졸업한 이후 거듭 임용고시에 실패했다.

　　아들의 진로를 걱정하며 가족이 모여 미국, 캐나다, 호주에서 물리치료사에 도전하는 방법을 의논하였다. 아버지의 입장에서 전공한 체육교육학과 물리치료학이 서로 연관성이 있는데다가 선진국의 물리치료사는 병원을 차려 의료행위가 가능하고 또 전망도 밝아 보였다. 마침, 경제적으로도 퇴직금 1억 3천만 원으로 4년 동안 지원이 가능하다는 생각이 들었다. 게다가 아들 정현이는 평소 성실하여 어려운 유학의 과정도 잘 이겨 낼 것이라 믿었다. 정현이 또한 물리치료 분야에 도전하려는 의지가 있었다.

인터넷이나 경험자들에게 확인해 보니, 등록금, 기숙사비, 책 값, 활동비, 잡비 등을 합하면 연 최소 4천만 원이 소요된다고 했다. 그래서 현장도 확인하고 세부 계획을 세워서 2011년 호주 국립대학교에 응시원서를 접수했다. 2개 대학에서 합격했는데, 그중 뉴캐슬대학교를 선택하였다. 대학 수강을 준비하기 위하여 2년 동안 국내, 영어권 국가의 학원에서 영어교육을 이수한 후 2013년 2월 출국하여 뉴캐슬대학교 물리치료 학과에 입학했다.

5년여에 걸쳐 학점관리와 경제적 어려움을 간신히 극복하고 2018년 3월 bachelor of health 과정을 졸업했다. 졸업 후 귀국하여 2020년 2월 한국의 물리치료사 면허를 취득하고 동생과 함께 벤처기업을 설립하여 능력을 발휘하였다. 2022년 5월 16일 결혼을 하면서 동생으로부터 독립하여 천호동 소재 리드스 병원에서 재활치료실 실장으로 재직하며 행복하게 생활하고 있다.

27세에서 30세까지 임용고시 준비, 워킹홀리데이 유학 준비 등 2년, 호주에서 유학 5년 한국에서 물리치료사 자격취득 2년, 벤처기업 참여 2년 등 고난의 과정을 거쳤다. 젊음을 유학으로 고생하다 보니 어느덧 만 44세 노총각으로 미진이를 만나 결혼하게 되었다. 당시 유학을 하지 않았다면 일찍 결혼하고 고생을 덜 했을 것이다. 그러나 한편으로는 그런 실패와 고난으로 아들의 삶의 영역은 넓어졌으며, 많은 경험을 축적했을 뿐만 아니라 용기와 자신감을 키울 수 있었다. 지켜보는 부모 입장에서 실패를 거듭하는 자식의 처지가 안타까웠으나 한편으로 타인을 의식하지 않고 주위의 유혹에 동참하지 않고 묵묵히 자기의 길을 걸었던 정현이의 실천 의지가 대견하다.

유학 중에도 한 학기 용돈을 벌기 위해 수영강사 아르바이트를 하고, 학비를 절약하기 위하여 기숙사에서 민박집으로 이사, 라면으로 끼니를 때우고, 공부에 지친 모습을 볼 때면 그동안 마음이 편치 못했다.

유학을 결정하면서 객관적인 학업에 대한 능력과 유학환경에 대한 정확한 사실 판단 착오로 뜻밖에 시간과 경제적 부담과 고생을 많이 했다. 또한 석사과정이 아닌 학사과정을 선택하여 정신적 물질적 손실이 컸던 것에 부모로서 후회가 되었다. 학사과정을 마치고 석사과정으로 유학했더라면 훨씬 더 시간을 줄일 수 있었다는 생각이 들었다. 학업이 늦게 끝나니 사회진출이 늦어지고 결혼까지 연쇄적으로 늦어졌다. 아들의 고군분투가 아비로서 바라만 보고 있자니 마음이 아팠다.

《미움받을 용기》를 저술한 기시미 이치로는 인간이 가는 길은 정해진 길이 있는 것이 아니고 순간의 실행이 이어져 인생

행로가 결정된다고 했다.

아들 정현은 꾸준하고 성실한 성격이라 무엇을 하든 쉼 없이 자기 길을 가다 보면 좋은 결과가 있을 것이라 기대한다. 자신의 능력과 운명에 따라 스스로 개척해 나갈 때 부모는 그저 믿고 응원해 줄 수 있을 뿐이란 생각이 든다.

첫째 아들 정현이로부터 전화가 왔다. 2023년 12월 25일 09시 27분이었다. 임신 33주인 콩콩이가 심장이 정지되었다고 하면서 울먹이며 말을 잇지 못한다.

불길한 예감을 직감하고 둘째 아들 정훈이 승용차로 손녀 소연이까지 4명이 삼성병원으로 달려갔다. 삼성병원에서 정밀진단 결과 사망으로 확인되었고 콩콩이는 약물을 투여하여 유도 분만을 하기로 했다고 한다.

우리가 도착했을 때 정현이네 장모와 처남이 먼저 도착해 있었다. 우리까지 총 7명이 병원에 대기하다 약물 투입 시간이 길어져 정현이만 남고 모두 귀가했다. 26일 새벽 3시 38분에 양수가 터졌고 4시 37분에 유도 분만이 종료되었다고 정현이로부터 연락을 받았다.

상황이 더 이상 나빠지지 않기를 기대하며 기다리고 있었는데 유도 분만에 성공했다는 소식이 전해졌다. 혹시 산모에게 이상이 있을까 걱정했는데 천만다행이었다. 콩콩이는 삼성장례식장으로 이송한 후 26일 10시쯤 정훈이와 삼성병원에 도착하여 며느리 미진이를 위로하고 장례식장에서 장례용품과 운송장비를 선택한 후 각종 서류에 서명했다. 발인은 26일 오후 2시 30분 이후 요금 정산과 함께 이루어지며 화장은 오후 4시 30분에 시작된다고 한다. 27일 오전 7시 38분에 정현이가 병원에 건의하여 반차 휴무를 내고 운구와 화장행사에 참여하겠다고 전화를 했다. 정훈이와 약속을 취소하고 오후 2시 30분까지 정현이과 장례식장에서 만나 20만 원 비용을 결재하고 정현이 승용차로 운구하여 서울추모공원에서 화장하였다.

과거 내가 근무하던 곳이라 소장의 안내를 받는 등 융숭한 대접을 받았는데, 화장장 관리자가 을지대학교 제자들이라 최고의 서비스를 받았다. 화장 후 나비 유택 동산에 예를 갖추고 유골을 뿌려 주었다. 김미진이와 전화한 후 정현이 차를 타고 평내호평역에서 하차하여 정현이는 미진이가 입원한 병원으로 가고, 나는 아내와 씁쓸한 저녁 식사를 했다.

며느리 미진이의 임신 소식은 2023년 6월 16일 크루즈여행 중에 받았다.

첫아들 정현은 호주 유학으로 혼기를 놓쳐 45세에 39세의 미진이와 가까스로 결혼하여 1년간 임신 소식이 없자 시험관 시술을 하여 임신에 성공했다.

다산에 있는 산부인과에서 필요한 검사를 여러 차례 실시하였으나 태아는 건강하다는 진단을 받았다. 그런데 12월 초쯤에는 콩콩이가 성장이 늦다는 진단이 있었으나 의사 소견이 문제가 없다고 하여 대수롭지 않게 생각하고 있었다. 12월 25일 새벽에 갑자기 콩콩이가 움직이지 않아 바로 병원 검사 결과 심장이 정지되었다는 진단과 함께 삼성병원으로 긴급 이송하였으나 심정지 진단을 받았다.

콩콩이는 33주 동안 가족들의 사랑을 독차지했고 늦둥이 장손녀라 무사히 탄생하기를 염원했다. 특히 나이가 많은 조부모의 입장은 혹시 태아에게 문제가 없기를 기도했으나 죄 없는 콩콩이를 지켜 주지 못했다.

한 아이가 죽었는데, 산부인과 주치의는 조금의 책임감도 느끼지 않는 것 같아 분노를 느꼈다. 12월 초에 태아가 성장이 더딘 증상이 있었을 때, 원인을 규명하기 위해 주의를 기울였어야 했음에도 안일하게 대처한 것이 이런 결과에 이르렀다는 생각이 들었다.

나는 지금도 의사가 주의의무를 다하지 못한 의료사고였다고 생각한다.

어머니 사망 이후 우리 가족에게 닥친 가장 큰 슬픔이었다. 그동안 모두가 건강하고 행복한 가정을 영위하였는데 갑자기 원인도 모르는 콩콩이 사망으로 집안이 일시적으로 슬픔에 잠겼다. 그나마 신속히 삼성병원으로 이송하여 미진이가 산고의 고통을 잘 이기고 유도분만에 성공할 수 있었기에 사고를 조기에 수습할 수 있었다. 어려울 때 서로 힘이 되어준 가족들의 노고에 감사하고 앞으로는 그런 일이 일어나지 않았으면 좋겠다.

4.
아이디어 넘치는 재간둥이 둘째 아들

2004년 둘째 아들 정훈이는 군 복무 중 대대 보급병으로 임무를 수행했다.

군 생활에서 전투병으로 근무하는 것보다 행정과 관리능력을 배워오면 사회생활에 도움이 된다는 아버지 조언을 받아들였다.

보급병은 재고관리, 정비관리, 출납 관리 등 할 일이 많아 부지런하고 치밀해야 한다. 특히 무기 탄약 관리는 항상 기능이 유지되도록 관리되어야 하며 전투력과 직결된다.

정훈이가 보급병의 임무를 잘 수행하여 대대장으로부터 인정을 받았다고 했다. 그러던 어느 날에는 갑자기 엄마를 가족 초청 강사로 추천하여 졸지에 군부대에 가서 초청 강연과 노래를 하기도 했다. 주제는 간호사의 봉사활동 경험이었고 마지막에 기타 치며 노래하여 반응이 좋았다고 한다. 갑자기 군부대서 연락이 와 스트레스를 많이 받았으나 지나고 보니 부모에 대한 사랑이었고 귀한 추억이었다. 어머니의 노력 덕분에 정훈이는 휴가를 즐길 수 있었던 창의적인 발상이었다고 생각한다.

둘째 아들 정훈이는 2005년 상명대학교를 졸업하고 한국건강검진센터에 취업하여 근무 중 연세대학교 물리치료 학과에 편입하여 2008년 졸업하였다.

연세대학교 수학 중 소연이를 만나 졸업과 동시에 결혼하였으며, 2008년 8월 25일 손녀 소정이가 태어났다. 정훈이는 적극적이고 진취적인 성격이고 인성이 좋아 친구가 많았다.

어린 시절부터 이런 밝은 성격 때문에 정훈이는 주위로부터 귀여움을 많이 받았으며, 외삼촌으로부터 "똘꽁"이라는 별명을

얻었다. 결혼 후의 거주지 결정, 편입학, 취업, 결혼 등 중요한 결정은 자신의 노력으로 해결하려는 결단력과 자존심이 강했다. 그리고 결정하기 전에 조언, 자문, 사실확인 등 충분한 검토 후 결정하는 신중함도 겸비하고 있다. 부모에게 보증을 요구하거나 은행대출을 받으면 계약 기간에 변제하여 부모에게 부담을 주는 일이 없었다. 지금 생각해 보면 그것이 정훈이 효심이었고 부모를 사랑하는 마음이었음을 알게 되었다.

2010년 장인이 선교사로 있는 루마니아에서 의과대학 과정을 수학하기 위하여 가족 모두가 1월 15일 출국했다. 루마니아에서 장인 장모의 극진한 사랑을 받으면서 헝가리 국립대학교에 입학하여 1년 수학하다 경제적 어려움에 직면하여 휴학하고 조기 귀국하였다. 루마니아 재직기간에 선교사인 장인에게서 참된 삶의 가치를 배우게 되었다. 엄한 유교적인 가풍에서 자라 정을 배우지 못했는데 선교사인 장인을 만나 사랑을 배우고 넓은 세상을 배우는 계기가 되었다. 정훈이는 소연이를 만나 행운을 얻었다. 당시 정현이가 호주에서 유학 중이었고 경제 사정이 좋지 않았던 시기라 정훈이 유학은 단호한 조치가 불가피했다. 당시 정훈이 의대와 소연이 외국어대학교 통번역 대학원 과정을 끝까지 이수하지 못한 것이 잊지 못할 아쉬움으로 남는다. 그래도 귀국하여 기죽지 않고 여주 고려병원을 거

처 척 병원 등에서 물리치료 실장을 역임하면서 도수치료 분
야에서 최고가 되겠다는 꿈을 키웠다. 그 꿈을 실현하기 위하
여 2017년 11월 고려대학교 보건과학과에서 석사학위를 받고
2024년 2월 고려대학교 생체역학과에서 이학박사 과정을 이수
하고 박사학위 논문을 통과하여 2024년 2월 23일 졸업하였다.

　집안에 아버지에 이어 2번째 박사가 탄생하여 자랑스러웠다.
앞으로 박사학위 과정을 위하여 노력한 대가는 없어지는 것이 아니고 죽을 때까지 나타날 것이다.

2015년부터 대한 오스테오파시 학회를 설립하여 교육프로그램을 개발하고 물리치료 관련자를 교육하였다. 2021년 11월 벤처기업인 SYM 헬스케어 주식회사를 설립하여 정부 정책에 참여하여 많은 성과를 획득하였으며 새로운 프로젝트를 개발하여 헬스케어 발전에 일익을 담당한 공로를 인정받았다.

정훈이는 적극적이고 긍정적인 생각을 가지고 있기에 대인관계가 원만하고, 투자감각도 뛰어난 편이다. 또한 하려는 일에 늘 최선을 다하고, 유혹에 쉽게 빠지지 않는다는 것도 좋은 점이라 생각한다.

지금도 열심히 뛰는 모습이 능력을 초과하여 힘들어 보이지만 CEO의 능력과 특허기술을 바탕으로 강소기업 반열에 합류할 수 있었다.

5.
손녀와 하룻밤 보내기

둘째 아들 정훈에게서 난 손녀 소정이는 2008년 8월 25일생이다.

생김새는 한국형으로 생겨 오밀조밀 예쁘고 두 눈이 반짝여 똑똑하게 생겼다. 그런 소정이가 5살 되는 2013년 10월에 두물머리 연꽃밭으로 1박 2일 함께 여행을 갔다.

하룻밤을 함께 지내보니 엄마 껌딱지처럼 제 엄마에게서 잠시도 떨어지려 하지 않았다. 할머니가 감당하기 힘들 정도이고 잠을 잘 수 없을 정도였지만, 그래도 하는 행동이 몹시 귀엽고 예쁘기만 했다.

2014년 5, 6, 8월 소정이와 또 함께 지냈는데, 한해가 다르게 구상 능력이 향상되었고, 성숙해졌고, 주의가 산만하던 것이 줄어들었다.

소정이가 할아버지 인물상을 그렸는데 1년은 외형만 단순하

게 표현했는데 2년째부터는 얼굴의 형태, 특징을 세부적으로 잘 표현했다.

소정이가 보는 할아버지는 얼굴이 삼각형이고, 검버섯이 많고, 주름이 많고, 키가 크게 그려놓았다. 그림 속에 소정이의 생각이 다 드러나는 것이 신기했다.

소정이는 고집도 있고, 독서를 하면 집착하는 편이며, 목적을 달성하려는 의지가 강하다.

한번은 소정이와 극장에 갔는데, 그 많은 팝콘을 끝까지 혼자서 다 먹었다.

텃밭에 가기 전에 준비물, 관찰 내용 등을 인터넷에 검색하고 요약하라고 했더니, 제법 문서형식을 갖추어 핵심을 잘 정리하였다.

2015년 2월 초등학교 입학 전에는 말을 조리 있게 잘하고, 셈법을 싫어하는 편이고, 약간 산만한 느낌을 주었다. 주의가 산만한 것은 자기의 의도대로 이루어지지 않고 타인의 의지에 이끌려 가면 산만하기 쉽다고 한다. 최선이 아니라도 소정이 의견을 먼저 들어주면서 스스로 문제점을 발견하고 수정하도록 해야 할 필요가 있다.

2023년 7월 12일 생일 기념으로 우리 집에 온 소정이가 빨리 돈을 벌고 싶다는 이야기를 해서 당황스러웠다. 내년에 고등학교 진학하여 공부를 할 시기인데 돈 버는 일을 하겠다는 것은

할아버지로서 생각하기에 쉽게 할 수 있는 이야기가 아니었다. 며칠을 생각하다가 둘째 아들 정훈이에게 전화했다. 소정이가 수학 외는 공부가 많이 뒤떨어지지 않는다고 들었는데 왜 그런 말을 했는지 알고 싶었다. 섣불리 공부를 등한시할까 봐 걱정이 되었다. 소정이는 여러모로 다재다능하여, 글도 잘 쓰고, 그림에도 소질이 있고, 말도 조리 있게 잘하여 성우의 자질도 보인다. 공부를 계속하여 인문학, 예술적 성향을 살리길 바란다.

8부

슬기로운 노년 생활

(2024~)

1.

나날이 어제 같지 않은 건강 이야기

나는 젊어서 군인 생활 중 술을 많이 마신 시기가 있어 내심 건강에 주의를 기울이고 있다. 특히 서울시설관리공단에서 중책을 수행하고 있을 때는 스트레스가 심해 술을 많이 먹어 토하거나 기억이 끊어지는 경우가 많았다.

유년 시절부터 기억을 되살려 보면, 야위고 마른 체중을 유지하며 성장해 왔다. 초등학교 시절 축농증으로 고생하였다. 코와 기관지, 폐 쪽이 나쁜 것은 집안의 유전적 기질인 것 같다. 생각해 보면 아버지도 그랬고, 어머니도 기관지 천식으로 고생했고 형제들도 아토피로 인한 축농증 증세가 있었다. 의료혜택이 없던 시절이라 참고 지내다 증상이 심해지자 한약방에서 제조해 준 코나무라고 불린 느릅나무 껍질을 간 가루약을 오랫동안 사용했다. 비스듬히 자른 대나무에 가루를 넣고 코에 대고 입으로 불면 가루가 코안으로 들어갔던 기억이 생생하며 중학생 시절부터는 증상이 없어졌다. 유년 시절부터 마르고 약한 체질이었으나 3년 개근상을 받을 정도로 학교생활에 충실하였다.

젊은 시절 마신 술의 폐해는 나이가 들어서 나타났다. 수시로 건강검진에서 용종이 자주 발견되곤 하였다.

1991년 11월 서울의료원 건강검진에서 위, 장, 담낭에 용종이 많이 발견되었고, 1998년 서울의료원에서 정밀검사 결과에서는 장과 담낭에도 용종이 발견되어 추적 관찰에 들어갔다.

그 뒤 꾸준히 25년 동안 격년으로, 복부초음파로 변화를 확인하였으나 추가 징후가 발견되지 않아 수술은 하지 않았다. 조기에 수술하지 않고 꾸준히 건강검진을 통해 관찰하며 기다린 것이 많은 도움이 되었다.

만약 이 시기에 건강검진을 소홀히 하고 주의를 기울이지 않았다면 돌이킬 수 없는 상태로 진전되었을 것이다. 당시 바쁜 가운데서도 매일 아침에 일찍 일어나 조깅을 20년 동안 30분~60분간 꾸준히 노력한 결과 건강을 지킬 수 있었다고 생각한다. 그 이후 체중은 늘지 않았고 을지대학교 재직 시까지 65킬로그램을 유지해 오다가 정년 퇴임 후 환경 여건이 바뀌면서 10년 동안 몸무게가 점차 줄어 지금은 60킬로그램의 저체중을 유지하고 있다.

용종과의 싸움이 끝나고 이제는 뇌의 기능에 이상징후가 나타나기 시작한다.

2013년 이후 뇌경색인지 이석증인지를 구분할 수 없는 어지러움이 갑자기 발생하여 1시간 동안 토하고 어지러워 움직이지 못하는 일이 발생하였다. 2020년 9월, 3번째 이석증이 발생하였는데 구토가 심하고 걸어서 화장실까지 가기가 어려웠을 뿐 아니라 팔다리에 힘이 없고 몸을 가누지 못하는 상태가 계속되었다.

4~5시간 누워 있다가 호주에서 재활치료 교육을 받은 큰아들 정현이가 진료하여 어지러움을 치료할 수 있었다. 문제는 이병은 약이 없고 양쪽 귀밑에 붙어 있는 돌이 빠져나와 평형기관에 불균형이 발생하는 것으로, 물리치료사의 처치가 유일한 방법이라고 한다. 증상이 이석증과 뇌경색이 비슷하여 구별할 수가 없다는 특징이 있다. 이석증이 3번째 발병한 후 머리를 자극하는 심한 운동을 중지하고 운동기구 등 어지러움을 동반하는 운동을 삼가라는 의사 소견이 있었다. 그래서 오랫동안 해 왔던 10킬로미터 춘천 마라톤이나, 빠른 운동과 심하게 목 돌리기 등의 스트레칭 운동도 중단하고 있다.

2022년 2월 서울삼성병원 의학센터에서 270만 원 상당의 수가를 지급하고 프리미엄 종합검사를 받았다. 정확하고 종합적인 건강 상태를 알고 싶었기 때문이다.

주요 증상은 ① 폐는 결절이란 소견이 있어 재검사를 받은 결과 다행히 추가 징후는 발견되지 않았다. ② 척추는 3~4번 사이에 골다공증 증상의 소견이 있어 전문의 진단을 받아 1년간 치료약을 먹였으나 완전히 회복되지는 않은 상태이다.

③ 대장은 조직검사 결과 선종으로 판명되어 제거하였고, 따로 추가 조치할 필요는 없다는 소견을 받았다.

④ 두경부는 현재 정상이지만 2024년에 경동맥 초음파 검사를 받을 것을 권고하였다. ⑤ 복부는 부신에 결절성 과증식, 간혈관종 의심, 간에 낭종(물혹) 관찰, 신장 낭종(물혹), 전립선비대증, 석회석관찰 등 하나하나 꼽자면 어지러울 정도로 여러 곳에서 음성 종양이 발견되고 있어서 추적 검진하길 권장했다.

총체적으로 신체 기능이 떨어지고 면역력도 약해져서 폐 결절 같은 가족력에 따른 가장 약한 곳에 탈이 날 수 있다고 생각하며 나날이 힘들고 어렵지만, 열심히 운동하고, 가능한 스트레스받지 않고, 소식하는 것이 가장 바람직한 방법이라고 생각하며 대처하고 있다.

요즘은 치매를 비롯한 뇌의 건강에 신경 쓰고 있다.

젊은 시절 오랜 과음의 시절을 보낸 것이 몸에 용종을 많이 생기게 하고 뇌에도 손상을 입혔을 것이란 생각을 했다.

건강검진에서 경도인지장애라는 병명을 얻고 한동안 추적, 관찰하면서 주의를 기울였다.

경도인지장애는 기억력이나 기타 인지기능의 저하가 객관적인 검사에서 확인될 정도로 뚜렷하게 감퇴한 상태이거나, 일상생활을 수행하는 능력은 보존되어 있어 아직은 치매가 아닌 상태를 의미한다고 정의하고 있다.

을지대학교에서 강의하면서 학생의 이름을 잘못 호명하여 학생으로부터 질책을 받았던 것, 약속하고 날짜를 달력에 메모하지 않으면 기억하지 못하는 것, 약속된 시간을 잘 지키지 못하는 것, 짧은 기간 내 들은 이야기를 인지하지 못하는 것, 책을 읽고 요점이 정리되지 않고 신문을 읽은 후 무엇을 읽었는지 정확하게 정리되지 않는 것, 차를 운전하면서 정확하게 진입로를 찾지 못하고 엉뚱한 곳으로 진입하는 것, 평상시 표정이 굳어지고, 말하는 횟수가 줄어드는 것 등의 증상이 나타난다.

2017년 7월 서울의료원 신경의학과에서 진료를 받고, 엠알아이 판독과 서면조사 결과 경도인지장애로 진단되었다.

뇌관은 건강하지만 대뇌와 소뇌에 세포의 죽은 흔적이 많이 발견되었다고 했다. 그래서 듣고 본 내용을 잘 기억하지 못하는 현상이 발생한다고 설명해 주었다. 그나마 다행히 뇌가 줄

어드는 현상은 발견되지 않았다고 했다.

질문지로 된 조사 결과 낱말을 10개 알려주고 일정한 시간이 지난 후 되물었을 때 3~4개 정도 기억할 수 있었다.

2017~2024년까지 서울의료원에서 서면조사를 실시한 결과도 전번 검사와 다른 이상소견이 발견되지 않아 뇌 영양제만 하루 2일씩 복용하고 있다. 이 병은 진단결과에 대한 치료제가 없어 예방제로 치매 단계까지 전환되는 시간을 연장하는 것이 최선이라고 했다.

참고로 2023년 10월 보도자료에 의하면 미국에서 2~3년 후 치매치료제가 임상시험을 마치고 시판된다고 했으며 우리나라 제약회사에서도 임상시험 중이라고 하니 기대하고 있다.

2.
연금 생활과 일자리 찾기

　19년 동안 군 생활을 했지만, 복무 기한이 충족되지 않아 연금 대상이 되지 못했다.

　특수직 연금을 합산하여 20년 이상 근로를 제공하면 연금의 혜택을 받을 수 있도록 2010년부터 관련법이 개정되었다. 마지막 을지대학교에서 6년 동안 교수로 재직한 기간(6년)을 군 경력(19년)과 합산하여 2013년 9월부터 사학연금을 받을 수 있게 되었다.

　군 전역하면서 받은 퇴직금 5,000만 원을 반납하고, 2013년 9월부터 월 180만 원의 사학연금을 받고 있다. 거기에다 서울시설관리공단에서 가입한 국민연금 월 120만 원을 합하면, 월 300만 원으로 우리 부부는 노후 생활을 꾸려 가고 있다. 부득이 다수의 직장에서 근무하는 경우 총 근무연수는 20년 이상인데도 합산이 되지 않아 불이익을 당하는 제도를 개선한 것은 천만다행이었다. 이 제도가 시행되지 않았다면 노후 대비가 어려워 자식들에게 의존하며 살았을 것이고 서로가 불편을 감수해야 했을 것이다.

그때는 늦게 진학을 하면서 많은 어려움과 비판을 받기도 하였지만, 천만다행으로 을지대학교 교수로 재직한 것이 노후를 보장하는 계기가 되었다. 그리고 퇴직금 반납금 5,000만 원은 아내가 그동안 간호사로 재직하면서 저축한 돈으로 충당하였다. 당시 아들 정현이가 호주 뉴캐슬대학에서 유학 중이라 금전적으로 어려웠던 시기였으며 아내의 조력이 없었다면 그때의 난관을 극복하기 어려웠을 것이다. 아내가 성가 복지병원에 봉사하는 것이 흡족하진 않았으나 적은 봉사료가 큰 도움이 될 줄 몰랐다. 과거에도, 지금도 아내에게 고맙고, 감사하게 생각한다.

사실 76세인 지금도 직장에서는 은퇴했을지라도 사회생활을 열심히 하고 있다.

① 2013년 정년 퇴임 후 2016년까지 학회 장례지도사 보수교육과 특강을 주기적으로 실시하였다. ② 각자의 직무를 수행하는 데 필요한 지식이나 기술, 태도를 국가적 차원에서 체계화한 NCS에 참여하여 연구보고서를 작성 발표하였다. ③ 지자체 민간단체에서 주관하는 장사시설 설치, 장사업무 세미나 컨퍼런

스 토론회 등에도 참여하였다. ④ 2017년부터는 대전, 수원, 마산, 광주, 의정부 등 가톨릭 교구에서 실시하는 장례지도사 국가 자격교육에 참여하여 장사법, 장사행정 과목을 강의하였다. 그리고 ⑤ 남양주시 복지관에서 웰다잉 교육과 묘지 재개발 연구용역에 참여하였으며 지자체에서 운영하는 청년 정책위원회, 주민예산위원회 등에도 참여하였다.

노후 일자리를 구하기 위하여 위험물 취급 기능사 2급, 기능사 자격증 취득, 고압가스 취급 기능사 2급 자격증 취득, 장례지도사 자격증 취득, 환경미화원 교육 이수, 남양주시 농업기술 지원센터의 농업대학 과정 졸업, 남양주시 평생교육원에서 실시하는 인문학 강사 자격증 이수 등 사전 준비도 철저히 해왔다.

그리고 퇴직 이후 남양주시에 일자리를 구하기 위하여 공개모집에도 참여하였다.

남양주시 도시공사 상임이사 모집공고, 평내호평 행정지원센터에서 공원관리원 기간제 근무자 모집공고, 남양주시 세금징수원 모집공고, 남양주시 도시공사 행정보조원 채용공고, 금연단속원 공모 등에 응시하였으나 나이 때문에 매번 불합격 통보를 받아야 했다.

면접관 중에는 노골적으로 남양주에는 어려운 사람이 많습

니다. "선생님은 연금 수혜 대상이고 형편이 좋으니, 금번에 채용에서 불합격되어도 섭섭하게 생각하지 말라"고 당부하는 말을 듣고 실망하기도 했다. 능력이 있는 인재를 뽑는 것이 아니라 면접관의 여론에 따라 합격 여부가 비정상적으로 결정되고 있기 때문이었다.

따라서 노인 인구가 증가하면서 국가에서 노인 일자리가 증가되고 있으나, 일하고자 하는 노인의 욕구를 충족하기에는 한계가 있다고 생각했다.

3.
같이 늙어 가는 전원생활의 꿈

농사꾼의 아들로 태어나 농촌에서 20년을 살아왔으니 아직도 시골 생활에 대한 향수가 남아 있다. 사회생활이 끝나면 조용하고 아늑한 시골 생활을 하겠다는 꿈을 꾸었으나 내 처지와 환경을 고려할 때 거주지 주변의 조그만 주말농장 텃밭에서 농작물 기르는 것이 최선이라고 생각했다.

2023년 텃밭은 금곡동 무대마을 13평과 화곡동 마석우리 10평을 경작하다 2024년에는 마석우리 마을회관 텃밭을 약 30평 추가 확보하여 무대마을은 포기하고 마석우리 텃밭만 경작하기로 했다. 텃밭에서 경작된 식자재는 지인에게 나누어 주고 있으며 가을에는 8명에게 김치 재료를 지원하였다. 8년간 텃밭 가꾸기를 통해서 보람도 있었으나 이제는 육체적 한계를 느낀다. 허리를 굽힐 때 통증이 심해지고 장시간 일을 하면 숨이 찬다.

농부로 보내는 노년의 꿈은 내 의지의 부족, 자금 부족 등의 경제적 이유, 가족 반대 등의 이유로 실천에 옮기지 못했지만, 한편으로 더 나이가 드니 무리한 실천에 옮기지 않은 것이 오히려 다행이란 생각도 든다.

전원생활의 꿈도 나이를 먹는다는 사실을 발견하였다.

처음에는 새소리 물소리 들리고 공기 좋은 곳이 희망지였지만 지금은 문화, 의료, 통신, 교통 등 편리하게 생활할 수 있어야 하고, 소규모의 임대용 텃밭으로 건강유지에 지장이 없어야 한다고 생각하게 되었다.

전원생활에 적응하는 데 실패한 사례들을 보니, 5~10년 이내에 실패하고 다시 도시 생활로 복귀하는 경우가 많아지고 있다. 시간이 흐를수록 세상과 동떨어져 외롭고, 노동으로 인한 신체 여러 곳의 기능이 떨어져 병원을 자주 찾게 되고, 또한 수확한 농작물은 처분이 어려운데 늘어나는 노동량은 감당이 안 되기 때문이었다. 그래서 요즘 나는 시 단위 도시 공공임대주택에 민간 분양 받은 작은 텃밭을 알아보거나, 부속 텃밭이 있는 중위급 실버타운도 생각하고 있다. 이제 내가 사회활동을 할 수 있는 기간은 최대 5년 정도일 것이다. 80세가 넘으면 인지기능도 떨어지고 체력도 급격히 떨어져 정상적인 사회관계나 거래가 어렵기 때문이다. 현재 고향으로 귀향하는 것은 너

무 늦었다는 생각이 든다. 그래서 보다 실용적이고 합리적인
생활방식이 없을까 이런저런 고민이 많다.

4.
노년에도 다른 모습으로 적응하기

젊어서는 수시로 엉뚱한 지점에서 터지는 웃음을 참기가 힘들었다면 노년에 접어들어서는 수시로 터지는 화를 참지 못하는 자신을 발견한다.

참 알 수 없는 일이다. 남을 비웃으려 하는 것도 아닌데 웃게 되면 다른 사람들에게 오해를 불러일으키듯 화 또한 분위기를 해치고 인간관계를 망가뜨린다.

웃음은 내적인 긴장 관계를 풀기 위한 심리적 요인 때문에 무의식적으로 나온 것이라고 이해하지만, 분노 표출은 또 다른 방식의 표현이 아닐까 생각해 볼 뿐이다. 그동안 많이 참고 억누르고 살아온 시간의 마지막 즈음, 이제는 더 이상 눈치 보지 않고 참고 싶지 않다는 내면의 마음 상태가 자신도 모르게 반영된 것 같기도 하다.

정년 퇴임 후 나는 텃밭 가꾸기, 아동안전 지킴이, 산불진화대, 남양주시 시민단체 활동을 꾸준히 해 왔다. 기간제 근무나 봉사활동을 하면서 나 스스로에 대한 새로운 면을 발견하게 된다.

수평적인 타인과의 관계에서 내가 신뢰와 믿음의 대상이 아니라 경쟁의 대상인 상황을 낯설어하고 또 내 생각과 다른 경우에는 상대를 비판하고 통제하려는 마음이 앞선다고 생각한다.

과거 직장생활에서 수직적이고 계층화된 조직 문화에서 형성된 인간관계의 습관을 고치지 않으면 인자하고 친근한 노인으로 존경을 받기는 어렵다. 이런 점을 고치려면 다른 사람들의 고통스러운 비판을 받아들여야 하며, 나 스스로도 꾸준한 노력과 인내가 있어야 한다는 생각에는 변함이 없다. 그래서 아내로부터, 자식으로부터, 지인들로부터 직간접적으로 많은 비판을 받고 잘못을 고치려고 다짐해 보지만 힘이 든다.

정년 후, 참지 못하고 욱하는 바람에 인간관계가 틀어진 몇몇 사례도 있다.

군 생활에서부터 고난을 같이한 오랜 동기생 친구 하나가 공개적으로 나를 무시한 언행을 하여 실망한 적이 있다. 그날 참지 못하고 화를 내고 싸움으로 번져 모임의 분위기를 깨고 나온 후 지금까지 그 친구와 만나지 않고 있다.

동기생 친구가 공동체 활동에서 인간의 도리를 잘 모른다는 의미로 설명했다. 후배들이 그렇지 않다고 반박하자, "지금까지의 이야기는 안우환에게 한 말"이라고 후배들에게 강조했다. 갑자기 화가 치밀어 제어가 어려웠다. 총무에게 모임을 빨리 끝내 달라고 독촉하였으나 받아들여지지 않아 문을 박차고 나와 버렸다. 그렇게 모임을 끝내고 난 후 모임에서 탈퇴했다. 그리고 지금까지 연락과 왕래를 끊고 지내고 있다.

2023년 산불진화대 기간제 근무할 때, 팀 조장의 자가용을 함께 이용하였다. 연료비를 월 5만 원씩 주고 탑승을 허락받았다. 조장은 교회 안수집사였고 과거 여행사를 설립하여 운영한 대표였다. 산불근무지로 이동하던 중 윤석열 대통령이 일본과 유대강화를 선언한 것에 대하여 비판하면서 "또라이"라고 했다. 정책의 변경은 유능한 전문가와 논의하여 최선의 방향을 도출하여 발표한 것인데 충분한 검증도 없이 비판하는 것은 잘못되었다고 되받았다. 그러자 그는 국민이 자기 생각과 다르면 대통령도 "또라이"란 말을 할 수 있다고 신경질적으로 반박하였다. 대통령이 국익을 위하여 노력하고 있는데 조력은 못 해도 해외 순방 중 비판은 하지 말아야 하는 것 아니냐고 했더니 자신은 그렇게 생각하지 않는다며 그는 화를 냈다. 그 후 언쟁은 계속되면서 마침내 몸을 밀치는 행위와 막말까지 나오고 말았다. 그 후 산불진화대 임무가 끝날 때까지 대화가 중단되었으며 동승차 안의 분위기가 무겁고 차가웠다.

2022년 두산 알프하임아파트 셔틀버스 기사와 다툼으로 승객들에게 빈축을 산 일도 있다.

운동하려고 셔틀버스를 타지 않고 시내버스 정류장까지 걸어갔으나 일요일이라 배차 간격이 길어 평내호평역 정류장에 가려고 셔틀버스를 탔다. 기사가 주민 카드를 보여 달라고 하여 지금은 카드검사를 중단하기로 방침이 변경되었다고 했더니 카드검사는 기사의 권한이라고 하면서 불응하면 중간에서 하차시키겠다고 했다.

화가 나서 당신이 무언데 내리라고 명령하느냐 기사로서 임무만 수행하라고 소리치며 욕설까지 했다. 그 후 미안해서 기사를 찾았으나 사직하였다고 하여 마음이 아팠다.

2019년 감기몸살로 다산동 연세내과의원 진료를 받던 중 내 증상을 말하고 증상에 대한 내 의견을 언급했더니, 의사가 화를 내면서 진단은 의사인 자신이 하는 것이지 환자가 주장하지 말라고 타박을 주었다. 미안한 마음도 들었으나 환자의 권리를 행사하는 것이 의사의 권리를 침해한 것이냐고 되물었더니 화를 내며 나를 질책했다.

화가 나서 나도 지지 않고 대학교수까지 한 사람인데 그 정도는 알고 있다고 전제하면서 지금까지 이런 진료는 처음 본다고 큰 소리를 쳤다. 화난 의사가 간호사를 부르며 당장 끌어내라고 소리치며 환자를 무시하였다. 밖으로 끌려 나와 대기하고 있는 환자들에게 미안하여 병원을 나와 문제를 제기하려고 하였으나 가족의 만류로 종결하였다.

2023년 아내의 고희를 축하하려고, 자식들이 마련해 준 기념 선물로, 서지중해 3개국을 크루즈로 11박 12일 여행을 다녀왔다. 고희 축하 여행이고 고비용의 여행인 만큼 일행 21명과 편안하고 즐거운 여행이어야 함에도 가이드가 불친절하다고 지적하여 분위기를 어색하게 만들었다.

선상에서 파티가 있는 날 3팀으로 식사를 했는데, 우리 팀은 나머지 2팀의 식사 배식보다 늦었다. 팀원들의 불만이 있었고, 외국인 종업원과 언어소통이 어려운 실정인데 가이드는 다른 팀에서 식사만 하고 있었다. 가이드에게 식사만 하지 말고 지연 사유를 알아보라고 소리치면서 "가이드가 일원의 식사를 확인한 후 자기 식사를 해야지 먼저 식사만 하고 있으면 어떻게 하느냐"고 질책했다. 그 이후 가이드와 오랫동안 대화가 중단되었으며 서먹서먹한 관계가 계속되어 여행객 모두가 마음이 불편했다.

이런 몇몇 사례를 보아도, 정년 퇴임 후 나는 화를 내고 다투는 일이 잦아졌으며 화를 참지 못하는 경우가 많아졌다. 이는 사회생활에서 계속되었던 서열에 따른 행동 양식이 체질화되었기 때문이라고 생각한다.

퇴직 후 평등한 공동체 활동을 서열화된 조직 생활로 착각하기 때문에, 감성적이지 못하고 삭막한 경쟁의식이 계속되는 것이다.

화를 참지 못해 틀어진 관계에 대해 생각해 보면 아쉽고 미안한 마음이 든다. 그래선지 노년에는 인간관계도 가족 위주로 극도로 단순해졌다. 어쩌면 자연스러운 현상이 아닐까 생각하기도 한다. 나이를 더해가면서 잘 익은 단풍처럼 인자하고 온화한 성품으로 바뀌어야 하는데 난폭한 모습으로 여기저기 부딪히니 스스로가 안타까울 뿐이다. 더 많이 인내하고 더 많이 비판받아 조약돌이 될 때까지 노력하겠다는 생각을 또다시 해 본다.

나는 지금도 버릇처럼 매년 새해가 되면 계획을 세우곤 한다.

내 나이 76세 분기점인 80세를 기준으로 볼 때 사회활동 상한선이 5년이다. 상황에 따라 계획도 달라지지만, 기본적으로

5년 이내 사회활동을 마무리할 수 있도록 인생을 설계하는 것이 합리적이라고 생각한다.

우선 모든 주택과 부동산을 정리하고 공공임대 주택이나 실버타운에 입주하려고 마음먹어 본다. 부동산을 소유하고 관리하는 일은 힘들고 무겁다. 그래서 소유하지 않고 깃들어 사는 방식을 생각했다. 부동산을 처분한 돈으로 2028년 이후부터는 소액을 안전한 만기채권에 투자하여 잡비를 충당하며, 근로도 그만두지 않고 근무 강도가 약한 학교 지킴이나 아동안전지킴이 활동에도 계속 참여할 생각이다.

또한 집안의 경조사는 이제 후손들에게 맡기고 싶다.

지금까지는 집안이며 가족들을 위한 삶을 살았다면 지금부터는 나의 삶을 살 것이며, 또 죽을 때까지 최대한 내 삶에 대한 모든 책임은 내가 지겠다고 다짐해 본다.

5.
뒤에 남을 가족에게

　　직계비속은 아들 정현, 정훈과 손녀 소정이가 있다. 아들은 인성, 능력, 건강, 대인관계 등을 두루 갖추고 있으며 개인별 발전을 위하여 노력하면 아름다운 삶을 영위할 수 있다고 생각한다. 어떤 삶이 좋은지는 각자의 가치관과 환경에 따라 다르며 인생의 목표는 정해진 길이 있는 것이 아니라 현재에 만족하고 최선을 다했을 때 달성된다고 한다.

　앞으로의 세계는 사람이 기계에 종속되는 상상하지 못했던 시대를 맞이할 것이다.

　죽음의 정의에서 사후세계가 있다는 주장과 없다는 주장이 엇갈린다. 불교와 기독교에서는 사후세계가 있으나 유교에서는 이기설에 의거 사후세계가 없다.

　장례문화를 연구하며 죽음에 관한 책을 많이 읽어 보았으나,

근사 체험 사례는 있지만, 사람이 죽으면 어떻게 되는지 아직 정확히 알지 못한다. 따라서 나 또한 죽고 난 뒤 어떻게 해달라는 방법도 제시하기 어렵다. 그리고 장법마다 장단점이 있고 개인의 가치관에 따라 선택 기준이 다를 뿐 아니라 향후 시대 변화를 예측할 수 없기 때문이다.

그럼에도 나는 내가 죽으면 화장해서 국립호국원에 안장해 주길 바란다. 그 이유는 16년 동안 육군 장교로 근무했으며 국립묘지에 안장되어 자랑스러운 조국의 수호자가 되기 위함이다. 국립호국원 안장 대상은 국립묘지의 설치 및 운영에 관한 법률 제5조 1항 4호 10년 이상 장기복무 제대군인으로서 사망한 사람으로 규정되어 있다. 동법 3항은 안장된 사람의 배우자는 본인이나 유족의 희망에 따라 합장할 수 있도록 규정되어 있다.

내가 먼저 사망하여 안장된 후 아내 이미림이 사망하면 화장하여 내가 안장된 봉안함에 합장하였으면 좋겠다. 호국원 봉안 시설이 부족할 경우 타 봉안시설에 임시 안치했다가 순서에 따라 봉안하기 바란다. 다만 아내가 반대할 경우 아내의 뜻에 따르기 바란다.

선대로부터 물려받은 함안 가야읍 가야리 533번지, 답 1966

㎡와 가야읍 가야리 440㎡ 대지(3명 공동명의)는 장손자 승현이에게 증여한다. 이유는 선대의 유산을 장손에게 물려주는 것이 관례이며, 유산이 경상남도에 있어서 가까이 살아야 유산관리가 가능하기 때문이다.

증여분 외 내 명의의 부동산, 금융자산 등 전 재산은 생존하고 있는 아내에게 모든 소유권이 이전되며, 나와 아내가 모두 사망한 후 잔여재산은 전부 매각, 매도하여 장례비용, 부채, 제세공과금을 제외한 금액을 두 아들이 절반씩 나누어 가지기 바란다. 단 제사 비용 등을 고려하여 두 아들이 합의한 경우 그대로 하기 바란다.

제사는 장조카 국진이가 함안에서 나의 할아버지, 할머니, 아버지, 큰어머니, 큰형님, 큰형수, 둘째 형, 둘째 형수를 매년 1회 추석에 합동으로 시제를 모시며, 어머니는 내가 직접 집에서 매년 기제사를 모시고 있다. 우리 부부가 사망하면 성당 장례미사를 거쳐 화장하고 가정의 전통 제사 대신 할머니, 나, 아내를 위하여 위령미사를 봉헌해 주기 바란다. 이유는 모두 천주교 세례를 받았으며, 한국 천주교 사목 지침서 135조(위령미사) 1항은 제례보다 우선하여 위령미사를 봉헌하도록 권고하고 있으며 2항은 명절에는 미사 전후 조상에 대한 효성과 추모의 공동의식을 거행함이 바람직하다고 규정하고 있기 때문이다.

부모로서 두 아들에게 가족의 건강을 가장 먼저 생각하라고 당부한다. 가족의 건강을 챙기지 못하는 사람은 다른 어떤 일도 성공할 수 없기 때문이다.

또, 과거나 미래보다 현재를 즐겁고 보람 있게 살길 바란다. 모든 인간은 혼자 살 수 없는 존재이며 공동체 활동을 하면서 과거와 미래에 집착하느라 우울증과 우월감을 느끼게 되며 스스로 인간관계를 극복하지 못하고 인생을 망치기 때문이다.

걱정에서 하는 말이지만, 마약, 과음, 간음 같은 것은 절대로 행하지 말길 바란다. 유혹을 극복하지 못하고 그런 것들에 빠지면 개인과 가족 모두가 불행해지기 때문이다.

또한 늘 열려 있는 마음으로 새로운 변화에 대처할 수 있는 정보와 자신의 재능을 키우길 바란다.

앞으로는 AI 위주의 신정보화시대에 인간들이 어떻게 생존할지 걱정이 되기도 한다. 그에 대처하고 적응하려면 늘 새로운 정보를 수집하고 분석하는 능력과 재능을 길러야 할 것이다.

다시 어머니가 꾸셨다는 내 태몽에 관한 말을 하고 싶다.

안방에서 풀린 실꾸리의 실을 감으며 집안 여기저기, 마당까지 따라갔다는 꿈 말이다.

인생에는 끊어진 듯, 더 이상 길이 없는 듯, 실패와 좌절을 여러 번 겪게 된다.

내 삶 또한 특별히 뛰어나거나, 호기롭게 출발하여 승승장구한 화려한 삶은 아니다. 끈질기게 길을 찾으며 오늘까지 이어왔다.

끊어질 듯 이어지는 실처럼, 끝인가 하는 길옆에 또 다른 오솔길이 나타나고, 출입문이 닫히면 또 다른 열린 창문이 발견되듯, 포기하지 않고 탐색하고 노력하면 그에 따른 기쁨과 깨달음을 얻을 수 있다는 사실을 말하고 싶다.

내 경험을 통해 해 줄 수 있는 말은 포기하지 말고 계속하라는, 혼하다면 혼한 말뿐이다.

논문과 저서, 기고문 목록

논문

- "화장장 관리 실태 분석 및 발전 방안 연구(2000)" 동국대학교 석사학위 논문
- "집단묘지 재개발 실태 및 발전 방향(2005)" 한국장례문화학회의
- "한국 자연장의 활성화 방안에 관한 연구(2008)" 동국대학교 행정학과 박사학위
- "장사문화 변화에 따른 자연장 연구(2009)" 한국정토학회
- "장례지도사 직업환경 평가와 국가 자격제도화 방안(2009)" 경인 행정학회 평가위원회
- "사자 분장의 표현기법에 관한 고찰(2010)" 한국 인체미용예술학회 공저

기고문

- 집단 묘지 재개발 실태 및 발전 방안(장례문화학회, 2006)
- 화장장 건립 누구를 위한 것인가(하남창조, 2006)
- 장례 예약 시대가 오고 있다(조선일보 독자칼럼, 2006)
- 수목장 준비 철저히 해야 한다(경남신문 여론마당, 2006)
- 개장전용 화장로가 필요하다(한겨레 칼럼, 2006)
- 전통 효 정신 살리면서 장법 개선 필요(하늘문화 인터뷰, 2006)

- 교회 묘지를 어떻게 관리할 것인가(천주교 사목지 특집, 2006)
- 늘어나는 불법 화장 막으려면(조선일보 독자칼럼, 2007)
- 불법 화장 판친다(조선일보, 2007)
- 주민소환 무서워 화장장 못 지으면 주민만 피해(중앙일보, 2007)
- 올 추석 자연장을 생각해 봅시다(조선일보 독자칼럼, 2008)
- 장례문화 변화에 따른 자연장의 연구(한국정토학회, 2009)
- 장례 관련법 현실에 맞게 고쳐야(중앙일보 중앙일보를 읽고, 2009)
- 장례지도사 자격검정 국가서 관리해야(경향신문 경향마당, 2009)
- 수목장 변질이 걱정된다(서울신문 발언대, 2009)
- 자연장 입법화 절실하다(경인일보 열린글밭, 2010)
- 재단 시 집단사망자는 누가 처리하나(중앙일보 세설, 2011)

세미나

- 화장장 관리 실태 분석 및 발전 방안 연구(한국장례문화학회 정기학술 대회, 2003)
- 화장장 관리 실태 분석 및 발전 방향(부천시 시민토론회, 2004)
- 자연장의 실태 분석 및 전망(대전소비자시민모임 간담회, 2006)
- 수목장의 현실분석과 전망(중앙대학교 한일문화 연구원 일본연구소 심포지엄, 2006)
- 장사제도개선 추진위 심의(안) 토론회(임해규 의원 장사법 개정을 위한 공청회, 2006)
- 장사시설 확충 방안(장사법 입법예고 안에 대한 공청회, 2006)
- 환경오염 실태 분석 및 향후 전망(생사미학회 학술세미나, 2006)
- 화장장 갈등 어떻게 해소할 것인가(한나라당 경기도당 정책토론회, 2007)

- 장사문화의 변화에 따른 추모공원 조성 필요성 검토(안산시 천막토론 회, 2007)
- 전통 효 정신 살리면서 장법 개선 필요(하늘문화 "만나고 싶습니다" 인 터뷰, 2007)
- 건전한 수목장 정착을 위한 과제(하늘숲추모원 개원 1주년 기념 심포 지엄, 2010)
- 선불식 할부거래업의 당면과제와 발전 방향(강동구 교수 발제에 대한 토론회, 2012)
- 천주교 묘지 재개발 방향 검토 의견(한국천주교 주교회의 중앙협의회, 2013)
- 납골당 봉안과 조상 신앙의 상관성 연구 논평(한국정토학회 제17차 학 술대회, 2014)
- 자연장 제도의 개선 방안(생활 개혁 실천협의회 공청회, 2015)

연보

- 1948년 5월 25일(음) 경상남도 함안군 가야읍 가야리 출생
- 1955~1961년 가야 초등학교 졸업
- 1961~1962년 부산 평화중학교 입학. 중퇴
- 1962~1965년 함안중학교 졸업
- 1966~1968년 함안농업고등학교 졸업
- 1969~1970년 육군 3사관학교 졸업. 육군소위로 임관
- 1970~1973년 39사 117연대 2대대 예비군 동원장교와 작전장교
- 1973~1975년 5공수여단에서 중대장
- 1975~1982년 3공수에서 지역대장, 군수 보좌관, 15대대 부대대장, 3공수여단 군수참모 등 역임
- 1978년 경남 창원 대광예식장에서 신부 이미림과 결혼
- 1982~1985년 2군단 예하 특공연대 3대대 부대대장과 연대 군수주임, 정보처 탐지장교 역임
- 1985년 4월 30일 전역
- 1986년 1월 1일 서울시설관리공단 입사
- 1986~2005년 서울시설관리공단 과장, 부장, 처장 역임
- 1983~2001년 2월 한국방송통신대학교 행정학학사
- 2001~2003년 동국대학교 불교대학원 문학석사

- 2004~2006년 동국대학교 행정대학원 행정학박사
- 2005년 3월 1일 (주)서울장사개발 설립
- 2005~2008년 (주)서울장사개발 대표이사
- 2008~2013년 을지대학교 교수